o livro para a infância

cristiane rogerio

o livro para a infância
caminhos que se entrelaçam

Copyright © 2024 by Cristiane Rogerio
Copyright "Prefácio" © 2025 by Luiza Helena da Silva Christov
Copyright "Um ir e vir na história que se está contando" © 2025 by Giuliano Tierno
Copyright "Arremate" © 2025 by Ananda Luz e Camila Feltre

As imagens reunidas neste livro fazem parte do acervo pessoal da autora, com exceção das indicadas na própria imagem.

Projeto Gráfico
Verba Editorial

Revisão
Renato Potenza

Dados Internacionais de Catalogação na Publicação (CIP) de acordo com ISBD

R723l   Rogerio, Cristiane
          O livro para a infância: caminhos que se entrelaçam / Cristiane Rogerio. — 2ª ed. — São Paulo: Quatro Cantos, 2025.
          216p. ; 15,7 x 23 cm.

          ISBN 978-65-88672-50-1

          1. Educação. 2. Livro ilustrado. 3. Crítica literária. 4. Educadores. 5. Formação. 6. Sistema literário. 7. Estudo acadêmico. 8. Livro infantil. I. Título.

                                                                                    CDD 370
2025-1827   CDU 37

Índices para catálogo sistemático:
1. Educação 370
2. Educação 37

Elaborado por Vagner Rodolfo da Silva — CRB 8/9410

Todos os direitos desta edição reservados em nome de:
Rodrigues & Rodrigues Editora Ltda. — EPP
Rua Irmã Pia, 422 — Cj. 102
05335-050
São Paulo — SP
Tel (11) 2679-3157
WhatsApp (11) 3763-5174
www.editoraquatrocantos.com.br
contato@editoraquatrocantos.com.br

*À minha mãe e à minha filha, meus começos.
À Casa Tombada, por me dar chão, telhado
e janelas para expandir pensamentos.*

Sumário

Nota da autora, *16*
Prefácio — Luiza Helena da Silva Christov, *19*
Um ir e vir na história que se está contando — Giuliano Tierno, *21*

Introdução em duas partes: O narrar-se, *27*
    Parte 1 — De onde quero narrar, *27*
    Parte 2 — Como quero narrar, *46*

1. AS LINHAS ENTRE O LIMITE E O INFINITO, *49*
    Do gesto de escrita: entre o passado e o futuro, *49*
    Dos tempos para pensar, o explicitar no texto acadêmico, *80*
    De como se pede uma escrita, *100*

2. O PRÓPRIO CURSO COMO ARTICULADOR DE FUTUROS E MEDIADOR DE VÍNCULOS, *137*
    Os não limites das *resenhas-afetivas*, *137*
    Dos infinitos do estudo do livro para a infância, *149*

3. DISPOSIÇÃO PARA VISÃO SISTÊMICA E PARA O TRANÇAR, *159*
    Treinada para trançar, *159*
    Nomear era preciso, *167*

Considerações não finais — Achados ou
A alegria de descobrir o livro para a infância no coletivo como potência para a pesquisa, *183*

Arremate — Ananda Luz e Camila Feltre, *193*
Notas, *199*
Referências (Sem fronteira entre teoria e literatura), *207*
Agradecimentos *211*

Escrever nem uma coisa
Nem outra —
A fim de dizer todas —
Ou, pelo menos, nenhumas.
MANOEL DE BARROS, *Poesia completa**

---

* Companheiro inseparável da autora, *Poesia completa*, Leya, 2010.

Ligia Marques, Fabiana Lorenzeti e Suzana Panizza, estudantes da Turma VI, na oficina de fazer livros da professora Camila Feltre.

Exercício com a Turma I — O que esses livros têm de "brasileiro" neles?

Exercício com a Turma VI — O que esses livros têm de "brasileiro" neles?

Momento de descontração com a Turma VII, em módulo de Isabel Coelho.

Rose Serrão, Lolla Angelucci, Ilana Reznik, Monisa Maciel, Clara Gavilan e Juliane Grohmann, da Turma VII, na sede que abrigou A Casa Tombada em Bragança Paulista (SP).

Turma VIII na Livraria Miúda, São Paulo. Monica Fragoso, Mariana Amargós, Camila Feltre, Cristiane Rogerio, Rodrigo Andrade, Tainá Avanzo, Thais Dols e Thiago Lyra.

Turma VIII criando a fita de Moebius, proposta de Camila Feltre inspirada na artista Lygia Clark.

Print da tela de conversa no Youtube d'A Casa Tombada com o quadro Tem Livro Aí?, Carol Fernandes, Yuri de Francco, Ananda Luz, a autora e Rodrigo Andrade.

Anna Luiza Guimarães, aluna da Turma II, anunciando um dos seus cursos n' A Casa, um dos desdobramentos da pós.

Nada acontece duas vezes
Nem acontecerá
Eis nossa sina
Nascemos sem prática
e morremos sem rotina
WISLAWA SYMBORSKA, *Um amor feliz**

---

* Poema pinçado no curso "O não saber da poesia", com o poeta-educador André Gravatá, n'A Casa Tombada, em 2 de fevereiro de 2022.

Autora em mediação do livro Onde vivem os monstros, *de Maurice Sendak, observada por Camila Feltre (Livraria Miúda, São Paulo).*

Confiança — o senhor sabe — não se tira das coisas feitas ou perfeitas: ela rodeia é o quente da pessoa.
JOÃO GUIMARÃES ROSA, *Grande Sertão: Veredas**

---

* Trecho pinçado da escolha poética da aluna Carla Miyasaka do livro *Grande Sertão: Veredas* (Nova Fronteira, 2010) no curso "O não saber da poesia", em 3 de fevereiro de 2022.

Nota da autora

Este livro iniciou como pesquisa, apresentada em dissertação ao programa de pós-graduação do Instituto de Artes da Universidade Estadual Paulista (Unesp). A proposta principal é discutir o modo com que coletivos diversos juntos a caminho de entrelaçar os saberes acadêmicos e os saberes da experiência podem ser potência para o estudo do livro para a infância. Para tanto, a narrativa percorre o curso de pós-graduação "O Livro para a Infância: processos contemporâneos de criação, circulação e mediação", que nasceu, cresceu e vive n'A Casa Tombada — Centro de Estudo e Pesquisa em Arte, Cultura e Educação, nas versões presencial, em Perdizes, capital São Paulo, e on-line, como A Casa Nuvem.

Nesta escrita, fragmentos de existência entrelaçam-se com o dia a dia de aulas, fotografias e outros registros, escritas das e dos estudantes, e elaborações sobre a invenção de uma metodologia que propõe questionar ideias preconcebidas em torno do universo literário e sua relação com as artes visuais e as infâncias, sempre sob a perspectiva do miúdo e do artesanal, acompanhados de um olhar decolonial para os acontecimentos históricos, uma atenção especial às diretrizes contemporâneas para a formação de leitores e seus desdobramentos éticos e estéticos. Com o tempo, pensar sobre esses "caminhos que se entrelaçam" ganhou uma espécie de apelido: bololô. "O bololô da Cris".

Janela da cozinha para o quintal d'A
Casa Tombada — Perdizes, São Paulo.

Prefácio
Luiza Helena da Silva Christov*

Era uma vez uma mulher que inventou um curso, uma dissertação e um livro. Cristiane Rogerio é uma mulher. Ela escreveu uma dissertação a partir de imersão encarnada em sua trajetória de vida. Escavou registros e memórias e narrou, à moda de historiadores — ou seria de poetas? — os caminhos percorridos por um curso de pós-graduação lato sensu voltado especialmente aos estudos sobre livros para as infâncias.

Ao olhar para os caminhos do curso, a mulher que o inventou foi-se deparando com outras pessoas que o inventaram com ela, que o enriqueceram com ela. E quanto mais a mulher que inventou o curso olhava para ele, mais o entendia como síntese de outros lugares nos quais esteve como jornalista, como entrevistadora, como enredada com editores, ilustradores, leitores. Assim, ao se encontrar no caminho da investigação, a mulher não teve outra saída a não ser tirar o curso/síntese de sua cápsula e dar a ver suas cercanias e interiores com todos os corpos que se misturam nele e nela enquanto inventa, pensa, fala e escreve. E quanto mais a mulher que inventou o curso olhava para ele, mais o entendia como síntese de outros lugares nos quais esteve como jornalista, como entrevistadora, como enredada com editores, autores (escritores, ilustradores), leitores.

---

* Orientadora do mestrado de Cristiane Rogerio, doutora e mestre em Educação (puc-sp), professora e pesquisadora do Programa de Pós-graduação em Artes/Instituto de Artes da Unesp e d' A Casa Tombada.

Na condição privilegiada de orientadora do processo dissertativo da mulher Cristiane Rogerio, foram muitos os momentos nos quais me percebi encantada com os saberes que ela já trazia e que foram elaborados ao longo da vida e culminaram em compromisso político e poético com a literatura para crianças.

Acolher criadores como esta mulher no Instituto de Artes da Unesp vem se tornando experiência de orgulho, honra e alegria. Em geral, os mestrandos que ingressam manifestam repetidamente a gratidão por serem acolhidos numa instituição pública de ensino e pesquisa. Respondo, em constrangimento e verdade do meu coração, que a gratidão é minha, é nossa.

Em constrangimento porque me incomoda a imagem de que fazemos o favor de abrigar artistas, educadores e pesquisadores que nos destinam suas obras ou partes de suas experiências, verdadeiros tesouros com potencial de ensinamentos extraordinários. Não fazemos favor algum, porque somos nós, enquanto centro de pesquisa, favorecidos por aqueles que nos escolhem. Com eles ampliamos a condição de aproximação à cidade, ao país e à sua gente. Ampliamos nossa esperança de que é possível seguir na luta por políticas culturais e pela arte como direito de todos.

A coragem e o trabalho de Cristiane Rogerio de inventar sua trajetória, organizar uma pesquisa, desenhar uma dissertação e lançar em livro sua poética para além dos muros e sites do Instituto de Artes da Universidade Estadual Paulista constitui um conjunto de gestos que, além de contribuir com o campo específico da literatura para infâncias, valoriza e reafirma a importância da política pública de pós-graduação no Brasil; valoriza e torna público o compromisso de oferecer aos trabalhadores do Estado de São Paulo uma obra e um percurso de mestrado por eles financiado e, somente para destacar mais um dos gestos presentes nesta dissertação que vira livro, trago a voz de meu coração, ele sim agradecido com justeza pelo privilégio de ter a companhia da mulher que segue inventando a si e a mim no mundo, pelo mundo, com o mundo. Obrigada, editores! Obrigada, Cris Rogerio!

Um ir e vir na história que se está contando

Giuliano Tierno*

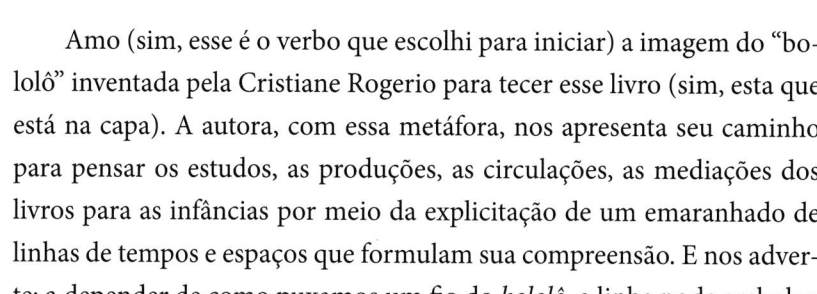

Amo (sim, esse é o verbo que escolhi para iniciar) a imagem do "bololô" inventada pela Cristiane Rogerio para tecer esse livro (sim, esta que está na capa). A autora, com essa metáfora, nos apresenta seu caminho para pensar os estudos, as produções, as circulações, as mediações dos livros para as infâncias por meio da explicitação de um emaranhado de linhas de tempos e espaços que formulam sua compreensão. E nos adverte: a depender de como puxamos um fio do *bololô*, a linha pode embolar, esticar, dar nós, romper, desembolar, engruvinhar.

O livro que temos em mãos fala primeiro da própria autora (*uma escrita de si?*) que explicita ter se percebido no "bololô" das próprias escolhas de seu estar no mundo, de seu amor por esse mundo e de seu encontro com um modo de cuidar desse mundo. Sua paixão pelos livros que têm imagens, escritas, designs conscientes e mais: que em si, são materialidades potentes para expandir a percepção sobre os outros, sobre o mundo e sobre si própria.

Conheci a Cris, como carinhosamente a chamo, na primeira década

---

* Doutor e mestre em Artes pelo Instituto de Artes da UNESP. Pós-doutorando em Participação Política e Mudança Social pela Escola de Artes e Ciências Humanas da USP/LESTE. Sócio-fundador d'A Casa Tombada — Centro de Estudo, Pesquisa e Experimentação em Arte, Educação e Cultura.

deste século. Ela, como jornalista da editoria de educação e cultura, mais especificamente de literatura infantil da *Revista Crescer*, editada e publicada pela Editora Globo. Eu, como um pesquisador das oralidades nas interfaces entre os campos das artes e da educação. Naquele momento, eu poderia ser uma fonte para algum tipo de matéria que ela estivesse realizando para a revista, na temática de meus estudos e pesquisas, para a sua próxima edição.

Tinha já àquela altura um sentimento de que aquela jornalista que eu estava conhecendo era muito diferente do imaginário de urgência que o jornalismo me apresentava: sem tempo para nada e sempre nos atropelos das urgências pela apuração dos últimos fatos.

Cris, tinha calma, escuta, atenção, interesse genuínos.

Ela tinha uma curiosidade "*do criançamento das palavras*", como escreveu Manoel de Barros. Perguntava como quem tem um desejo de saber tudo, seus olhos traziam chispas de alumbramento frente ao que estava descobrindo. E isso fazia (e continua fazendo) com que nosso próprio modo de responder se inundasse de nossa experiência de entusiasmo.

Ali, nesse contexto jornalista-fonte, fomos tramando uma amizade de *condividir* a existência, mediados pelo nosso interesse pela linguagem, pelos livros, por suas materialidades e pelas gentes que fazem livros; pelas gentes que desejam que os livros em suas diversidades de possibilidades sejam acessados por todas as gentes, como um direito fundamental. Construímos uma aliança/confiança pelo fascínio por esses seres entregues a contar histórias possuídos da compreensão que tudo nos livros comunica: sua solidariedade com as oralidades, seus formatos, suas capas, as escolhas de contar uma história com texto; com imagens; com texto e imagem; com imagens coincidindo em significado com o texto; com imagens contradizendo o texto; com imagens mostrando outras coisas que os textos não contam.

A jornalista especializou-se mais e mais e mais e sempre.

Tornou-se (e segue num tornar-se permanente) uma das maiores referências do campo no país.

A primeira experiência conjunta profissional que tivemos foi quando a convidei, no ano de 2014, para integrar como docente a quinta turma de pós-graduação, que eu havia concebido e coordenava, à época nomeada como *A Arte de Contar Histórias: abordagens poética, literária e performática*, que ela havia cursado como estudante da primeira turma. Meu convite foi no sentido de que ela pudesse partilhar com os estudantes (narradores orais em sua maioria) seus conhecimentos, como jornalista, sobre os livros ilustrados.

Depois disso, tivemos a sorte de inventarmos juntos, na recém-criada (2015) *A Casa Tombada**, um curso de pós-graduação lato sensu que teve início em 2016. Até hoje eu não sei se foi a primeira especialização, nesse formato, do país totalmente dedicada aos livros produzidos para as infâncias de todas as idades (também não sei se isso tem importância), mas lembro que a sua invenção colocava em circulação uma outra nomenclatura para o que se vinha chamando comumente, em muitos espaços de produção de saberes, como literatura infantil, um campo, dentro de uma formação acadêmica de longo prazo: o *livro para a infância*.

Também não sei se foi a Cris que inventou esse conceito. Todo mundo que tem alguma seriedade com o que faz sabe que ninguém sozinho inventa um campo, mas talvez (arrisco sempre no *talvez*, para não cairmos na compulsão de sermos os donos das verdades) que tenha sido a Cristiane Rogerio, com seu trabalho como jornalista no campo cultural para as infâncias e na sua atuação dedicada na invenção e na coordenação de um curso de pós-graduação especializado na temática, que venha, desde lá (2016), cultivando, com primor ético, esse campo que se dedica

---

* Centro de Estudo, Pesquisa e Experimentação em Arte, Educação e Cultura, localizada na cidade de São Paulo e um pólo na Faconnect — Faculdades Conectadas, na elaboração, oferta e realização de cursos de pós-graduação lato sensu, entre eles o curso "O livro para a infância: Processos Contemporâneos de Criação, Circulação e Mediação", desde 2016 e que atualmente (2025) está em sua 11ª Edição.

a conversar sobre o livro que dialoga em muitas direções com as infâncias e busca, por meio de seus criadores e mediadores, inventar os meios para a ampliação da sensibilidade de leitores frente à complexidade de nossos tempos. Instigando-nos a responder a pergunta: *O que pode um livro para a infância?*

Sempre tive um profundo respeito pelas pessoas que se dedicam às infâncias. Tenho para mim que essas pessoas (não importando o campo de atuação) têm, de saída, uma profunda esperança/confiança no mundo e um interesse contumaz pela natalidade e por tudo o que nasce. São pessoas atentas a um outro tipo de economia com a vida: *a vitalidade poética*.

Compreendo, nesse contexto, o sentido enfatizado pela amiga e escritora Glória Kirinus que certa feita, numa conversa daquelas que nos marcam profundamente, me disse que a *vitalidade poética* está substancialmente ligada à capacidade de encantar-se com o mundo e de expressar esse encantamento em produções que promovam um diálogo entre culturas, línguas e memórias.

Esse livro é resultado de muitos encontros da pesquisadora com inúmeras pessoas que cultivam essa *vitalidade poética*.

É fruto da entrega aos encontros com pessoas de carne e osso; com as dúvidas; com os não-saberes; com as perguntas genuínas; suspendendo a ideia simplista de puxar abruptamente um fio desse emaranhado impulsionada por uma opinião pessoal.

Nada no trabalho de Cristiane Rogerio é abrupto, pelo contrário, são sempre fazeres coreografados na potência alegre da coletividade.

É muita escuta.

É muita pergunta.

São muitas entrevistas, *entreouvidos, entresentidos, entreimaginações, entrerespeitos.*

É a concreção da compreensão de que o emaranhado sobre algo que pertence a muitos (mas que nem sempre esses "muitos" têm acesso ao que lhes pertence) exige sempre um debruçar-se cuidadoso, *num ir e vir na história que se está contando*.

A autora realiza neste livro uma espécie de trabalho arqueológico. Como aqueles que remontam à mesma história sempre que surge uma nova peça do quebra-cabeças que o refaz. Algo novo que sempre aparece e que altera o seu ritmo, a sua cadência, mas que não modifica o principal: a convicção de que essa é uma história que vale a pena ser contada.

Peguemos como exemplo a saga épica dos acádios (2150 a 1400 AEC), de Gilgamesh. A cada nova tabuinha descoberta ao longo do tempo, a história se refaz. Lembremos que o épico trata da jornada daquele que retorna à sua cidade de origem, depois de ter buscado a eternidade sem sucesso, e que resolve escrever sua travessia para que consiga vencer a pior das mortes: o esquecimento.

Aqui a imagem do herói nos oferta dois Elogios a este livro: um elogio ao *método* e outro à *metáfora*.

O elogio ao *método* se dá na aproximação dos fazeres da autora aos arqueólogos das fábulas que remontam à mesma a cada nova descoberta; como faz Cristiane Rogerio quando o assunto é literatura para as infâncias. Seu bololô é um amontoado de fios que estão à espera de serem movimentados, para que novas histórias sobre essa história possam ser contadas.

O elogio à *metáfora* é de alguma maneira quando aproximamos a publicação deste livro ao que o herói épico realiza: escreve para vencer o esquecimento. Esse livro materializa, com esmero, essa resistência ao esquecimento de algo que é de muita gente. A autora faz isso ao cuidar das fontes, do relato da participação das pessoas no processo, da explicitação generosa dos caminhos que a fez chegar aos resultados aqui expressos.

Reitero que este livro marca uma importante função para os dias que atravessamos: contar uma história sobre um campo em formação, que respeita profundamente quem veio antes, que nomeia com responsabilidade ética as vozes que sustentam essa história para que ela possa continuar a ser contada. Sua coerência entre forma e conteúdo é uma lição para muitos de nós, que em épocas de atropelos, influências digitais despropositadas em busca de likes, mídias de autopromoção permanente, esquecemos, muitas vezes, do principal: as coisas se fazem no respeito profundo com o tempo, com o espaço e na celebração dos que vieram antes de nós para que os que vierem depois de nós sintam-se potentes em seguir a sua própria história, emaranhados com a nossa história comum.

Escutei certa feita da grande educadora brasileira Vanda Machado (figura central para pensarmos paradigmas brasileiros de educação), que em sua cosmopercepção, "*a criança é um ancestral que retorna*". Concluo, em aliança com essa imagem alumbrante de dona Vanda: sejamos cada um de nós a respeitar os que vieram antes de nós e estão partindo; e que consigamos respeitar quem está chegando, pois têm muito a dizer aos que insistem em narrativas de fim.

E qual a potência de um livro para infância? Quiçá contribuir para o acolhimento de um "*ancestral que retorna*", na espiral do tempo a nos dizer: esse mundo veio antes e continua apesar de nós.

Introdução em duas partes: o Narrar-se

PARTE 1 — DE ONDE QUERO NARRAR

É forma ou conteúdo? Esta é uma das perguntas que mais me intriga enquanto faço parte da coordenação do curso de pós-graduação "O livro para a infância: processos contemporâneos de criação, circulação e mediação", n'A Casa Tombada — Centro de Estudo e Pesquisa em Arte, Cultura e Educação,* polo Faconnect, em São Paulo. A cada final de aula, a questão se renova: os estudantes procuram o curso por conta do repertório teórico e prático que levamos sobre literatura para a infância ou estariam mais interessados na maneira como isso acontece? Depois que as aulas terminam, o que fica como conhecimento?

Ou nem é só isto e nem é só aquilo?

---

* A Casa Tombada abriu suas portas em 18 de julho de 2015, no bairro de Perdizes, em São Paulo, SP, sob os cuidados de Ângela Castelo Branco e Giuliano Tierno; em 2020 os cursos se tornaram online e A Casa física se mudou para Bragança Paulista, funcionando até 2023. A partir de julho de 2024, A Casa Tombada retorna a Perdizes e assume novo espaço, com programações presenciais e local para abrigar os acervos. Os cursos de pós-graduação continuam online, alguns com propostas híbridas.

Durante a qualificação para o mestrado, a pesquisadora Heloisa Pires Lima e o pesquisador Giuliano Tierno de Siqueira, que se dedicaram a ler meu relatório de pesquisa até aquele momento, expuseram a mim um interesse nos detalhes. Surgiram pedidos como "revele mais para a gente", "dê rosto a esse coletivo de estudantes", "toda vez que você fala sobre o curso, o trabalho cresce".

Vale dizer que a pesquisa se iniciou sob o seguinte título: "Processos contemporâneos de estudo sobre o livro para a infância — o aprender em coletivo e a experiência como fundamento de pesquisa". Alinhavei, então, no texto para a qualificação, uma tentativa de mapear certa visão sistêmica sobre esses processos, um sobrevoo pelas relações de ensino sobre o livro para a infância no Brasil, a partir de estudos publicados, da trajetória do mercado e das mudanças artísticas para esse produto cultural que eu pude acompanhar como jornalista desde 2005, e como eu assistia aos desdobramentos éticos e estéticos em sala de aula. Daí, então, o grande desafio deste texto: contar esta história.

Conte. Conte. Conte.

Mas contar o quê? Contar uma história da invenção e desenvolvimento de um curso de pós-graduação *nascido* em 2016. Narrar o que me pertence desse percurso de oito turmas (em processo) que me inspiraram — e inspiram — a refletir e pesquisar mais sobre as relações entre a formação de professores e o ensino sobre literatura para a infância no Brasil. E como, de alguma maneira, estudar enquanto se cria um curso é criar um curso enquanto se estuda um tema. Trago Luiza Christov:

> Nosso pensar e nosso dizer ganha língua no viver. É aí, portanto, o lugar mais fértil para encontrarmos fala e escrita. Nosso ser linguagem se desenvolve nos territórios nos quais nosso corpo ganha palavra, cresce e se fortalece. É aí, portanto, o lugar onde os pesquisadores encontram problemas que os deixam perplexos e motivados a pesquisar. Disso não há quem discorde. Sobretudo quando nos referimos a escri-

tas literárias e técnicas, podemos concordar que geramos em nossos contextos as histórias que riscamos.[1]

Por mais que sejam maioria, nem todas as estudantes e os estudantes que viveram a pós trabalham formalmente como professores. Além das diversas atividades em torno do educador ou educadora — em espaços não formais de educação, instituições culturais, associações que promovam a leitura etc. —, nas turmas recebemos também pessoas com variadas atuações no universo do livro: bibliotecários, escritores, ilustradores, editores, divulgadores, coordenadores ou orientadores pedagógicos, designers, narradores de histórias, jornalistas, livreiros, pesquisadores e interessados em geral. Em comum apenas *o livro*. Essa variedade de trajetórias revelou a mim uma diversidade das possíveis relações com os livros. E melhor: quando esta diversidade é profundamente compartilhada, afeta todos os envolvidos e atravessa a forma de criar de cada um nos seus espaços de atuação. A cada final de aula, aquela sensação de "nada será como antes". É como "ver" a todo instante um encontro direto com a escrita do editor mexicano Daniel Goldin em *Os dias e os livros*, e que aprecio muito:

> Por trás de cada leitor há pessoas, presenças e ausências que os livros suprem ou recordam. Pessoas, corpos, gestos, modulações de voz, palavras e imagens. Pessoas que interagem com outras pessoas. [...] A relação com os livros não começa com a leitura, e os livros não servem somente para ler. São objetos carregados de valores afetivos, são objetos que cheiram, pesam, têm texturas, que são associados a vozes e a pessoas, que geram situações e que as recordam.[2]

A percepção seguinte é ainda mais interessante: assistir aos encontros me mostrou que, de alguma maneira, em maior ou menor escala, todos nós fomos afetados pela relação entre *uma* história da educação e *uma* história do livro para a infância brasileiras.

Uma. Umas.

Uma história, *uma* linha do tempo. Que são muitas, que variam bastante mesmo que vividas a um mesmo tempo. Fui aprendendo que não existe "A história de". Até porque conhecer uma história trata-se de ter acesso a ela, trata-se de ter a chance de refletir sobre. É perceber os limites de pesquisadoras e pesquisadores como eu: há de se ter empenho em ler as brechas de fora e de dentro: narrar uma história é estar envolvido com ela. É narrar-se um pouco também.

Então, de onde partir? Pelo que acabei de viver ou dizer como tudo começou? Mas se as histórias são múltiplas, como é que eu posso saber início, meio e fim?

Além do traçado dos estudantes que nos procuram, o próprio construir ementa a ementa é parceria-pesquisa todos os dias. Aos estudantes que, na verdade, comigo formam o coletivo junto a outros nós tecidos com o corpo docente fixo, com os convidados e, do início da Turma VI para cá, com a pesquisadora Camila Feltre, doutoranda deste mesmo Instituto de Artes da Unesp, que divide a coordenação pedagógica comigo.

Antes, ainda aproveito esta introdução para contar sobre a trama que fundamenta o curso. Até a Turma V ele era chamado de "O livro para a infância: textos, imagens e materialidades". A escolha deu-se pela tentativa de criar uma atmosfera, quase um *"pres'tenção"* — como dizem os mineiros — de que no livro para a infância, a palavra, a ilustração e o que mais de materialidade compusesse um livro conta igual; de que isso importa e que precisamos juntos falar sobre, procurar entender como isso se deu nos estudos desta arte. Havia ali um lugar marcado: o livro para a infância contemporâneo voltado para as crianças. Aquele livro que eu comecei a reaprender a ler fazendo resenhas para a revista *Crescer*, nos oito anos que fiquei na Editora Globo.

Fui aprendendo sobre "fundamento" de um curso. Afinal, eu estava numa casa e, para se reconhecer uma casa, ela há de ter um chão escolhido, cores que a definem, cheiros que convidam e janelas que se abrem. De olhos abertos ao acontecimento, nos demos conta de que o curso se tornava maior que o nome que havíamos usado até então, e que estávamos, na verdade, sempre sob a perspectiva de uma visão sistêmica dos processos contemporâneos de criação, circulação e mediação. Conceitos de caminhos próprios, mas muito entrelaçados, e é essa a essência para organizar as aulas, os calendários, os temas, as mudanças e, o mais importante: a grande chance de percebermos para onde ainda não estamos olhando. Trazer a complexidade das relações em torno do livro para a infância (arte, pedagogia, política, economia, sociologia) *pro jogo* menos sob a perspectiva de algo a ser "vencido", e mais para algo que precisa ser "acolhido".

Quem *me ajuda a olhar** para tudo isso são três pessoas que constroem esse curso comigo: Giuliano Tierno de Siqueira, que abriu a possibilidade de eu me tornar especialista pelo curso "A arte de contar histórias", pós idealizada por ele em 2010, bem antes d'A Casa Tombada nascer, e que me convida a iniciar este projeto; Camila Feltre, pesquisadora da relação de leitores e autores com as materialidades de um livro e seus processos de criação que, como mencionei, esteve comigo no dia a dia do curso de 2019 a 2022 e ainda faz parte da estrutura de fundamento; e Ananda Luz, pesquisadora dos livros para as infâncias com foco especial às presenças ou ausências negras neles e seus desdobramentos, que chega como estudante na Turma VII e coordena conosco a partir da Turma IX. Sem eles, as mãos dadas, seria impossível enrolar e desenrolar este novelo, esta porção de fios em torno de:

— *Ler.*
— *Escrever.*

---

* Referência poética ao texto "A Função da Arte/1", de Eduardo Galeano, *O livro dos abraços*, LP&M, 2003.

— *Escolher.*
— *Preparar uma aula.*
— *Convidar alguém para um encontro no curso.*
— *Criar calendários e cronogramas.*
— *Escutar.*
— *Conhecer.*

Decido assumir que as minhas histórias, as minhas próprias linhas do tempo — as linhas do tempo da Cristiane Rogerio atravessando a experiência de estudar o livro para a infância como relação entre arte e educação — estão em cruzamento com outras. Não como linhas retas previamente organizadas ou cronologicamente coordenadas. São, na verdade, emaranhados. Somos.

Primeiro desvio*

Durante a fase de escrita deste texto, em um domingo sem rotina em casa com a minha filha de nove anos à época, ela me pediu para ensiná-la a costurar. Mas eu não sei costurar, prego um botão se necessário, "dou uns pontinhos" para consertar uma peça. Como próprio das crianças, isso tinha pouquíssima importância para ela e então peguei a caixa de costura da minha mãe. Uma caixa de madeira *made in* anos 1980. Eu a herdei quando dona Antonia nos deixou em 1989, eu com catorze anos. Eu com catorze anos de idade, uma caixa de costuras e uma imensidão de memórias maravilhosas, cheias de fabulação de uma narradora

---

* Em cinco momentos deste livro aparecerá o termo *desvio*, acompanhado de sua numeração, que pretende dar conta de atravessamentos poético-informativos, partes importantes desta produção de conhecimento e, por isso, sugestão de serem lidos nesta ordem. As imagens que ilustram os cinco desvios foram produzidas e feitas por mim, exclusivamente para esta publicação.

de histórias aos filhos, que amava circo, filmes e "Fascinação"* na voz de Elis Regina. Fomos costurar, Clarice e eu, em panos soltos, carretéis usados e a dificuldade de acertar a linha na agulha.

A caixa de costuras, então, virou uma companhia minha neste percurso. Quando comecei a pensar na apresentação em datashow da qualificação, me veio a ideia de fazer uma produção com ela. Comecei a fuçar dentro e juntar os fiapos das sobras dos botões pregados e dos pontinhos dados. Meus? Da minha mãe? Da Clarice agora?

Seríamos isso, então? Emaranhados deixados numa caixa para continuar outras costuras?

---

* A canção original chama-se "Fascination" e é uma valsa de Maurice de Féraudy (1859-1932) e Dante Pilade "Fermo" Marchetti (1876-1940). Mais de uma versão em português foi feita. Entretanto, a que ficou mais famosa, marcante na voz de Elis Regina, foi a de Armando Louzada. Ver mais em: <http://museudacancao.blogspot.com/2012/11/fascinacao-fascination.html>. Acesso em: 2 out. 2024.

Eu nem sabia.

Mas escrever sobre si é como abrir uma caixa de costura herdada da mãe: um emaranhado de linhas e histórias que não param de se embolar.

Um carretel usado de tanta costura.

Muitas linhas para puxar ainda.

Quando abro a caixa fechada de tempo, está tudo misturado.

Os fiapos se unem impactados por onde foram deixados. Assim que pego e os embolo na palma da minha mão, a temperatura deste hoje altera algo.

Olhando de perto, posso ver um formato geral e texturas diversas. Parece impossível de puxar e separar. Mas é isso que eu quero?

Se eu não puxar, só consigo ver o embolado. É importante como conceito, entender como condição. Mas isolar me ajuda a ver um todo?

E o medo de desemaranhar tudo para sempre? Para onde vão os fios, as histórias, as trajetórias, as futuras conexões, os enganos, as retomadas, as conversas, as linhas?

Embolo tudo novamente, tem aí um coletivo de cores e texturas que formam algo entre si: precisam estar juntos, acredito, sem se retirar do próprio percurso.
O que podem costurar junto?
Onde?
Qual é o comum?

Talvez esteja me dando conta de que esta é a essência do próprio curso: tentativas de bordar linhas diversas em um mesmo — e gigantesco — tecido. Um bordado afetado pelo fato de que cada uma, cada um de nós — discente ou docente — esteja inserido em uma história da arte e em uma história da educação, ocupando diversos papéis em ambas. Daí, então, sermos um bordado coletivo traçando um desenho comum. Ou melhor: manifesto aqui, na verdade, o meu desejo de que se deseje um desenho comum; de que a gente exponha nossas histórias juntas e juntos e tenha a liberdade de alinhavar, costurar, destecer como quiser. Um desenho em tom de inacabado. E não diminuir sua importância por isso. "O que é feito em pedaços precisa ser amado",[3] escreveu o poeta Manoel de Barros.

Quando assumo o valor dos fragmentos, vejo o percurso como a própria escrita. Ou a escrita como o próprio percurso e uma proposta com desvios. Sentada em frente ao computador, me pergunto se caio na ilusão de trazer somente "fatos", "verdades". Receio as lembranças inventadas, duvido das anotações de caderno feitas sob emoção, desconfio das escolhas dos enquadramentos das fotos das aulas. E mais: o que realmente tenho direito de narrar?

Na introdução de *Narrativas de educadores: mistérios, metáforas e sentidos*, livro com uma série de artigos organizados pela pesquisadora Luiza Helena da Silva Christov com mais doze educadores,* o filósofo espanhol Jorge Larrosa é referenciado para debater um discurso pedagógico que estaria centrado no par ciência/tecnologia ou, por oposição, no par teoria/prática. "Larrosa propõe uma alternativa, com a qual nos identificamos e sobre a qual formulamos perguntas. Sua proposta para sairmos da gangorra da velha gramática que aprisiona o pensamento pe-

---

* Cleide do Amaral Terzi, Eleni Bambini Gorgueira, Eliana Pereira, Eliane B. Couto, Eliane Bambini Gorgueira Bruno, Erika Letícia Hernández Barberena, Fernando Chuí de Menezes, Maria Aparecida Alves da Silva Montero, Maria Aparecida Guedes Monção, Monica Matie Fujikawa, Simone Alves Costa, Vera de Faria Caruso Ronca.

dagógico consiste em centrar em outro par tal pensamento, ou seja, no par experiência/sentido".[4] Vejo tal concepção como uma alternativa para mim também aqui. Um chão.

> Concordamos com a opção pelo par experiência/sentido, recuperando, no dizer do próprio Larrosa, a dignidade e a legitimidade da experiência, compreendendo também esse autor que é preciso conceber a palavra experiência com amplitude e precisão, tendo em vista, para tanto, seis cuidados:
> 1. Não objetivar, não fazer da experiência uma coisa, não fazê-la previsível e fabricada;
> 2. Tirar da experiência toda pretensão de autoridade, de dogma;
> 3. Distinguir experiência de prática e pensá-la a partir da paixão, da receptividade, da abertura do sujeito da e na experiência;
> 4. Evitar transformar a experiência em um conceito para não confundi-la com algo que pretende determinar o real, mas que pode abrir o real. Como palavra, ela pode ser o que é e mais outra coisa, e mais outra. Sem a pretensão que cerca o conceito de ser uma só leitura do real;
> 5. Evitar transformar a experiência em um fetiche, um imperativo atrás do qual todos devam correr para nele se enquadrar;
> 6. Utilizar a palavra experiência como precisão evitando que tudo possa ser entendido como experiência.[5]

Neste "chão", coloquei-me no lugar de nossos estudantes quando desafiados a narrarem-se no Trabalho de Conclusão de Curso (o TCC). Desde os primeiros encontros, conversamos com eles para que se sintam incentivados a exercer o direito à escrita conosco, na pós, n'A Casa. Que narrem um pensamento a partir dos encontros do nosso curso, exibindo as referências e com a oportunidade de olhar para o percurso vivido e escrever sobre ele, com ele. O meu, aqui, é encarar esta *invenção pós-graduação O livro para a infância* como metodologia e como processo epistemológico. Trazer ao texto exercícios de escrita durante os módulos — sugeridos por mim ou por outros professores —, fragmentos de aulas, depoimentos e, também, trechos das produções finais de alunas e alunos.

Só de reunir as lembranças, assim "de cabeça", me preencho de vontade de fazer. As texturas do viver, as imagens que não escapam, encontrar-me com o sentimento de Alberto Caeiro/Fernando Pessoa em *O guardador de rebanhos,* pois "e o que vejo a cada momento/ é aquilo que nunca antes eu tinha visto/ e eu sei dar por isso muito bem…/ sei ter o pasmo comigo".[6] Mas é embarcar na dúvida do poeta e resistir ao além da curva da estrada: "enquanto vou na estrada antes da curva/ só olho para a estrada antes da curva/ porque não posso ver senão a estrada antes da curva".[7] Estou eu nesse angustiante "entre" ou na suspensão e mergulho de um "em". Estou narrando um percurso sem sair dele. Como preservar narração e percurso?

Durante a preparação para o edital de mestrado no Instituto de Artes da Unesp, li *Gênero, sexualidade e educação*, da professora da Faculdade de Educação da Universidade Federal do Rio Grande do Sul (UFRGS), Guacira Lopes Louro.*

Nele, entre outros pontos, a pesquisadora aborda a relação entre uma epistemologia feminista e a discussão sobre o "padrão de ciência":

> Se admitimos como padrão de ciência — e então de pesquisa, como meio de fazer ciência — uma ação regida por paradigmas teóricos e por ordenados procedimentos metodológicos, caracterizada pela atitude desinteressada, objetiva, isenta; e se, ao mesmo tempo, entende-

---

* Guacira Lopes Louro é professora titular aposentada da UFRGS.

mos que o feminismo implica em posicionamento interessado, comprometido e político, estamos diante de um impasse: ou somos cientistas/pesquisadoras ou somos feministas. Seria impossível ser uma pesquisadora feminista.

Busco, no entanto, exercer essa atividade — reconheço-me nesta identidade — assim como o fazem inúmeras outras mulheres (e homens feministas). Aceitar ou reivindicar tal qualificação supõe um processo que passa, certamente, por uma aceitação anterior: a de que nenhuma pesquisa, ou melhor, nenhuma ciência é desinteressada ou neutra.[8]

Trago esse trecho e celebro um outro dado que aprendi com a autora, quando ela diz:

Com o feminismo surge "uma nova maneira de pensar sobre a cultura, sobre a linguagem, a arte, a experiência e sobre o próprio conhecimento".[9] Na verdade, isso ocorre fundamentalmente porque ele redefine o político, ampliando seus limites, transformando seu sentido, sugerindo mudanças na sua "natureza".[10]

Estaria eu sob a influência deste *olhar feminista para a ciência* ou afetada pelo par *experiência/sentido*? É isso que me conecta a uma nova maneira de se relacionar com os estudos do livro para a infância? Penso na criação do título do curso "O livro para a infância" na companhia de Ângela Castelo Branco* e Giuliano Tierno, fundadores d'A Casa Tom-

---

* Doutora em Artes pelo Instituto de Artes da Unesp e mestre em Educação pela mesma universidade. Poeta e arte educadora, Ângela coordena ações educativas em exposições de artes visuais e literatura, como "A biblioteca à noite", no sesc Avenida Paulista, Exposição REVER — Augusto de Campos, no sesc Pompeia. Possui publicações na área da literatura e pesquisa sobre escrita na Universidade de Belas Artes em Lisboa, Portugal. É professora de escritura nos cursos de pós-graduação "A arte de contar

bada. Sempre que falamos sobre essa escolha, os nossos motivos são desejos de ampliar a conversa, incluindo "tudo" que for "livro" e "tudo" que for "infância", ou seja, sugerir uma pluralidade. Com isso, questionar os termos e suas definições ou o que carregam. Além de "livro" e "infância", também "contemporâneo", "literatura infantil", "literatura infantojuvenil", "livro escolar", "livro ilustrado", "livro-álbum", "formação de leitor", "mercado de livros", "mediação de leitura", bem como os derivados muitas vezes usados em tom pejorativo como "livrinho", "historinha", "escrita mais fácil", "adequação de linguagem", "intenção pedagógica" — escolhas que, muitas vezes, levam a discussão para o lugar das regras ou, pior, de "arte menor". E, também, expomos a postura desta coordenação pedagógica de enfrentar as fórmulas pré-definidas em torno de criar, circular ou mediar livros. E me pergunto: seria esta uma maneira acadêmica de se estar numa casa?

O "estar entre", o "mergulhada em" e o par "experiência/sentido" são condições também da proposta do curso. Até mesmo nas turmas nascidas 100% online a partir de 2020, é o encontro que faz o curso. Claro que temos toda a estrutura necessária na plataforma de estudos para oferecer materiais diversos, maneiras criativas de interação, além de um repositório seguro às turmas. Mas o encontro síncrono é o que dá vida ao curso, é o que pode mudar seu rumo, fazer sentido. Sem dúvida, a força do chão e paredes *dest'A Casa* (que mantemos nas relações virtuais com a atenção individual desde a matrícula até o TCC) entram em conflito com as inseguranças vividas por mim no cotidiano do curso e da minha pesquisa, que respinga nesta própria escrita. Tal insegurança diante do modo artesanal de propor um envolvimento com os processos contemporâneos de criação, circulação e mediação de livros para a infância não seria uma

---

histórias — abordagens poética, literária e performática" e "O livro para a infância" — realizados pela Casa Tombada em parceria com a Faconnect. É autora dos livros *Epidermias*, *É vermelho o início da árvore* e *Uma volta ao redor do sim me demora algo*.

herança de hierarquizações tão caras às sociedades patriarcais, brancas e valorizadas a partir do pensamento colonial? Estaríamos, então, colocando em dúvida, no *quente* da aula, o paradigma de que alguns saberes têm mais relevância do que outros?

No fim das contas, todos os dias o que mais discutimos é o *fazer pesquisa*: uma condição de estar junto nestʼA Casa e neste curso de pós-graduação. Questionar o que já vem escrito "como receita de bolo", uma espécie de reposicionamento do "observador do livro para a infância": aquele que lê, aquele que escolhe, aquele que produz, aquele que faz esta arte circular. Para tanto, sem encarar sob a perspectiva da angústia — embora ela nos invada os corações muitas vezes —, precisamos muitas vezes dar passos para trás, olhar outros fundamentos que precedem e que baseiam os estudos em torno do livro para a infância. Esse jogo entre abrir e fechar, entre geral e específico, entre "toda a arte" e a "arte para a infância", um puxar de linha daqui, outro dali: desemaranhar os fios sem danificá-los. Quando nos damos conta do que veio antes, fica também evidente que estamos em um caminho, um processo, ou seja: algo virá depois. Como leio em *Entrenotas: compreensões de pesquisa*, de Cássio Viana Hissa:

> A pesquisa é compartilhamento, ainda que isso, nem sempre, se dê a ver: entre leitor, intérprete, autor, estudioso, pesquisador, professor, tradutor, cientista, artista. Aprende-se, ao fazer, com o outro. O primeiro passo: *aprender a ouvir*. O último: não há o fim das coisas. O mundo é feito de aberturas que se dão para outras. Entre o primeiro e o último: uma infinidade de passos, tropeços, imobilidades, esquecimentos, abandonos, prazeres sem medida ou sem sentido de tão inexplicáveis. A pesquisa é o movimento que deveremos fazer na direção da construção da consciência de ignorâncias nossas.[11]

Mas e quando esses estudos e sentidos estão alicerçados em um coletivo? Estamos preparados? Quem vem com as ideias prontas inquebrantáveis e quem vem para aprender algo de alguém, para experimentar? Então o fazer pesquisa antecede o tema em si e está sob a condição de jogar-se à escuta. Ouvi do professor-poeta André Gravatá* sobre "o não saber da poesia como uma disposição radical". Tememos o não saber por colocar em xeque algum tipo de capacidade nossa ou por balançar todas as formas de poder? Retorno às notas de Cassio Hissa:

> A experimentação do mundo precede a razão.[12] Adiante, mais do que isso: a razão é feita da experimentação do mundo e o pensamento é feito do sentir. Ser afetado pelo mundo, portanto, é pressuposto da construção do pensamento. Não existiria um *pensamento racional*: o adjetivo nos induziria a construir a imagem de exclusividade da razão na concepção do pensamento. Não existiria, tampouco, uma *emoção pura*: aqui, o adjetivo, do mesmo modo, nos induziria à exclusão da razão na concepção da emoção. Pensamento e experimentação do mundo se entrecortam: estimulam-se e se reconstroem, ou se redesenham, simultaneamente. Fazem um só, um todo indivisível.[13]

Caminhando com o coletivo, a emoção transborda, escorre, explode. O convite à experiência se dá na própria experiência que, por sua vez, se entrelaça no que é possível projetar como transformação ou existência. Mas "experiência", "transformação", "existência" são *narráveis*? Em dúvida se escorrego aqui em algum tipo de armadilha da escrita, recorro novamente a Jorge Larrosa, em conferência em 2003 na série Encuentros y seminarios do Ministério de Educação da Argentina, que encontro em

---

* Escritor e educador. Coautor de *Volta ao mundo em 13 escolas*, um livro-reportagem sobre propostas de educação inovadoras nos cinco continentes, e *Mistérios da educação*, uma coletânea de poemas e contos. É um dos criadores da Virada Educação e membro do Criativos da Escola, projeto do Instituto Alana. Com Serena Labate, edita o *Jornal das Miudezas*: <https://www.sorverversos.com>.

tradução de Cristina Antunes em *Tremores — escritas sobre experiência*, em que diz ser preciso evitar fazer da experiência um conceito, principalmente se movido pela pressa. Vamos ao "certo desassossego" que Larrosa diz ter a impressão de provocar quando fala sobre experiência:

> Algo assim como "tudo bem, professor, muito interessantes suas palavras, muito sugestiva sua exposição, mas qual é a sua ideia de experiência? O que entende exatamente como experiência? *O que seria então pensar o professor e o aluno como sujeitos de experiência?* Como se poderia pensar a formação do professorado a partir da experiência? Qual é o seu conceito de experiência? O que é exatamente experiência?". Parece-me que, se a função dos conceitos, como certa vez escreveu María Zambrano, é tranquilizar o homem que consegue possuí-los, talvez querer chegar demasiado rápido ao conceito seja como querer se tranquilizar demasiado rápido. Além do mais, não estou certo de que a pergunta "o que é?" seja a melhor pergunta nem a mais importante. E, às vezes, precisamente para não chegar demasiado depressa, para que os processos de elaboração de sentido sejam mais lentos, menos superficiais, menos tranquilos, mais intensos, é preciso resistir a essas perguntas pelo conceito, é preciso resistir à pergunta "o que é?", é preciso resistir a fazer da experiência um conceito, é preciso resistir a determinar o que é a experiência, a determinar o ser da experiência. Mais ainda, talvez seja preciso *pensar a experiência como o que não se pode conceituar*, como o que escapa a qualquer conceito, a qualquer determinação, como o que resiste a qualquer conceito que trata de determiná-la... não como o que é e sim como o que acontece, não a partir de uma ontologia do ser e sim de uma lógica do acontecimento, a partir de um logos do acontecimento. Pessoalmente, *tentei fazer soar a palavra experiência perto da palavra vida, ou melhor, de um modo mais preciso, perto da palavra existência.* A experiência seria o modo de habitar o mundo de um ser que existe, de um

ser que não tem outro ser, outra essência, além da sua própria existência corporal, finita, encarnada, no tempo e no espaço, com outros. E a *existência, como a vida, não pode ser conceitualizada porque sempre escapa a qualquer determinação, porque é, nela mesma, um excesso, um transbordamento,* porque é nela mesma possibilidade, criação, invenção, acontecimento.[14]

Encarar o transbordamento de várias existências para "apenas" contar uma história. E saber como isso é gigantesco e sem fim.

PARTE 2 — COMO QUERO NARRAR

O primeiro impulso foi buscar exemplos dessa convivência coletiva de aprender. Então aqui exibirei trechos de aula, fotos, reflexões minhas como pesquisadora do tema o livro para a infância. Escolhi também trazer com mais precisão um exercício que cuido como uma proposta autoral no curso: a *resenha-afetiva*. Trata-se de uma tarefa individual em que o estudante é convidado a escolher um livro para a infância "que salvaria do incêndio" e escrever sobre ele, misturando da maneira que desejar informações formais — nomes, editora, ano de edição, sinopse etc. — com a história de como foi afetado pela obra. É extremamente interessante como no decorrer dos anos fui notando como essa prática reflete um jogo entre o individual e o coletivo, por meio das memórias compartilhadas (comigo e com os colegas), mostrando um lugar do "ser professora", "ser artista", "ser mãe", "ser mediador", "ser filha", "ser aluna". Ter a memória de leitura legitimada para além de "livros de qualidade" ou quantidade de obras lidas na vida.

O processo de escolha já nasce autorrevelador: as escritas contêm respingos de surpresas sobre si. É colocada ali a sacralidade do livro, a vulnerabilidade do livro (em materialidade-papel, materialidade-tema, materialidade-linguagem), um lugar de infância, espaços de leitura. Mesmo quando citam faltas — de livros, de acesso a livros, de alguém que lesse ou narrasse histórias, de formação específica na graduação — vemos todos presentes, se sentem legitimados a narrar a sua história. Como nunca estabeleço períodos — quero dizer, não precisa ser um livro "da" infância, e sim um livro que entre no nosso espectro de estudo — nesta escrita de si, as linhas do tempo e histórias diversas de cada um se cruzam com mais evidência. Revelam infâncias, memórias, faltas, descobertas, escolhas, arbitrariedades, privilégios e desigualdades. Trilhas do leitor. Quais mudanças sociais — políticas públicas, questões ideológicas, alteração do poder aquisitivo e outros fatores econômicos — influenciaram ou influenciam os caminhos do leitor? De um leitor. De um país.

Um leitor que também sou eu e um país do qual eu faço parte. Estou no percurso com os grupos, afetada por suas escolhas, assumindo o par *experiência/sentido* e o *olhar feminista* para meu ser pesquisador. E o que eu tenho é, sim, matéria para pesquisa. Volto com Guacira Lopes Louro:

> Parece-me que fica evidente que os desafios da pesquisa feminista são, fundamentalmente, desafios epistemológicos: referem-se a modos de conhecer, implicam discutir quem pode conhecer, que áreas ou domínios da vida podem ser objeto de conhecimento, que tipo de perguntas podem ser feitas. As respostas que vêm sendo ensaiadas para estas questões têm resultado em algumas mudanças mais evidentes (ou pelo menos mudanças mais facilmente observáveis) na pesquisa em Ciências Sociais e na Educação: o aumento de grupos de pesquisadoras/es comprometidas/os com os Estudos Feministas; a introdução de novas fontes de pesquisa (diários, cartas, fotografias, autobiografias, depoimentos orais); o exame de novos domínios de conhecimento (o cotidiano, os sentimentos, os desejos, os corpos); o uso de novos métodos ou a renovação dos métodos convencionais de investigação (entrevistas coletivas, dramatizações, diários de grupos, etc.).[15]

Com o passar do tempo foi se tornando mais claro que o curso é um espaço de se *pensar como se pensa* o livro para a infância. Quero dizer: navegar pelas variadas formas de relação com esses processos contemporâneos de criação e de estudo (sendo "estudo" uma "criação" e a "criação" também "estudo"). Assim, convido a se continuar esta leitura com fragmentos de um curso-percurso costurado de maneira artesanal, que se fez e se faz no caminhar, observando as pequenas fendas de possibilidades. Fecho meus olhos, respiro fundo e sinto vontade de começar pelos nomes. Os nomes de quem aceitou o convite de um'A Casa para esta pós.

1. As linhas entre o limite e o infinito

DO GESTO DE ESCRITA: ENTRE O PASSADO E O FUTURO

> *Pra mim atualmente escrever é como puxar o fio de um novelo emaranhado e enquanto estendo o fio, a linha do pensamento apresenta a escrita e a dinâmica é dada pelas intensidades do gesto.*
>
> EDITH DERDYK*

Escrevi listas com nomes das e dos estudantes muitas vezes. Para lista de presença, para criar grupos em dinâmicas, para conferir recebimento de trabalhos. As primeiras começam nas entrevistas durante o processo seletivo, quando cada inscrito escreveu uma carta de intenção para a coordenação, e participou de um encontro coletivo, em que nos apresentamos melhor e temos a oportunidade de proporcionar um compartilhar de desejos de estudo.

---

* Poeta, escritora, artista visual e educadora, Edith Derdyk fez esse comentário em 21/1/22, em rede social Instagram, no perfil @livroparaainfancia — que Camila Feltre e Cristiane Rogerio administram — após postagem com trecho de Clarice Lispector citado em seu livro *Linha do horizonte: por uma poética do ato criador* (Intermeios, 2012).

Minha própria escrita, entrelaçando os nomes dos estudantes.

Depois, esses nomes entram nos meus cadernos individualmente: nas participações nos primeiros dias de aula, nas perguntas, nas colocações, nas partilhas de experiência, nas produções. É para isso, também, que olho agora: os rastros, os registros. Embora o que se vê aqui seja um trabalho de agora — escrevi *em tom de bonitezas** nomes destas companheiras e companheiros que chamamos de estudantes —, comparo os registros dos meus cadernos com este que inscrevo para este livro, observo as caligrafias, uma na pressa de uma anotação, de um instante, e outra no devagar, para criar essa imagem, esse *gesto de escrita*.

Pensar sobre "gesto" e "escrita", para mim, é sempre na companhia de Ângela Castelo Branco, também idealizadora d'A Casa Tombada, professora da pós "O livro para a infância" e doutora no assunto a ponto de fazer estas reflexões:

---

* Paulo Freire inspira a palavra, tom, importância. Moacir Gadotti já escreveu sobre em *Boniteza de um sonho: ensinar-e-aprender com sentido*. Disponível em: <https://www.paulofreire.org/download/boniteza_ebook.pdf>. Acesso em: 2 out. 2024.

Do quintal para dentro do ateliê, escrita de Ângela Castelo Branco n'A Casa Tombada de Perdizes, São Paulo.

E então, temos, de início, que pensar a escrita como o gesto de segurar um instrumento e incidi-lo sobre uma matéria, ação manual gerada a partir do movimento de todo o corpo para fora dele, em direção ao seu entorno, ao mundo. E logo perceberemos que essa ação em direção ao exterior não possui uma via de mão única, todo risco é também uma inscrição, aquilo que será ex-crito já se ins-creveu, de fora para dentro. E, por isso mesmo, na escrita, a palavra risco passa a coexistir entre correr o risco e riscar em um mesmo ato. Correr o risco de riscar, riscado pelo arriscar.[1]

Es, ex ou *in*screvendo pel'A Casa Tombada (nas paredes, nas janelas, no chão, à caneta, à linha, a carvão), Ângela, poeta que é, me leva desde 2015 a um querer voltar a um lugar de escrita que não sei bem como definir. Com a criação d'A Casa, há sete anos posso acompanhar Ângela sendo escritora, artista e educadora, e me dou conta agora do quanto isso me influencia como coordenadora pedagógica. Volto a dar tempo ao desenho da escrita, sua força e sua condição de quem escolhe. A escrita é uma escolha? De quê? De quem?

Na edição "Com manuscritos e ensaios inéditos" que a editora Rocco lançou em 2019 de *Água viva*, de Clarice Lispector, um dos paratextos é da professora Ana Claudia Abrantes. A primeira versão do livro — *Objeto gritante* — foi tema da dissertação de mestrado da pesquisadora na Universidade do Estado do Rio de Janeiro (UERJ), em 2012, e de seu livro *Objeto gritante, um manuscrito de Clarice Lispector*. Eis um trecho no qual Abrantes observa a potência de *ver* um percurso:

> Os fac-símiles aqui reproduzidos são uma forma de oferecer o contato mais direto com o mesmo material com o qual a autora lidou por alguns anos entre avanços e incertezas. Além do texto datilografado, as marcas da caneta são um testemunho, juntamente com o estilo, as frases mantidas ou rabiscadas. Por meio da curiosidade por estes "originais", o leitor pode perceber alguns dos percursos que a autora planejou ou deles desistiu ou mesmo sofreu por eles: o inconcluso ou dissonante, o conteúdo vivencial, a escrita ora flexível ora esgarçada, ou seja, no manuscrito, a experiência elástica se estende entre a vida e a arte.[2]

E se o percurso desta pós for também como uma escrita? E se eu assumir que *avanços e incertezas, marcas da caneta como um testemunho inconcluso ou dissonante* também estiveram presentes, posso narrar este curso como um caminho? E, mais forte ainda: e se realmente eu puder (me) ex-por?

O registro em cadernos e fotos das aulas também me leva a perceber que senti instantes de produção de conhecimento. Como se eu pudesse ver algo tão delicado, entre a força e a fragilidade de uma ideia que se fortalece ou se rompe. A tal interlocução: vejo no outro algo que penso em mim. Mas tão rápido quanto um bater de asas de um beija-flor, que vai ali, se alimenta, se desloca, volta, se mantém. Coloco-me ao lado de Clarice e esta narradora que escreve porque pinta e pinta enquanto escreve. Nesse fluxo de pensamentos no fazer, uma reflexão sobre o instante:

> Tenho um pouco de medo: medo ainda de me entregar pois o próximo instante é o desconhecido. O próximo instante é feito por mim? ou se faz sozinho? Fazemo-lo juntos com a respiração.
> [...]
> Cada coisa tem um instante em que ela é. Quero apossar-me do é da coisa. [...]
> Quero captar o meu é.[3]

A narradora de *Água viva* continua mais à frente, no desejo de definir um instante de um "estado de graça":

> O estado de graça de que falo não é usado para nada. É como se viesse apenas para que se soubesse que realmente se existe e existe o mundo. Nesse estado, além da tranquila felicidade que se irradia de pessoas e coisas, há uma lucidez que só chamo de leve porque na graça tudo é tão leve. É uma lucidez de quem não precisa mais adivinhar: sem esforço, sabe. Apenas isto: sabe. Não me pergunte o quê, porque só posso responder do mesmo modo: sabe-se.[4]

Pinçando Ângela e Clarice neste momento, comovo-me. Porque diante de tanto planejamento em tom prosaico — agendas, ementas, reuniões, sistemas com senhas e logins, cadeiras para todos, café pronto, microfone fechado, conexão sem ruídos — eu me sinto no direito de olhar para esses instantes. Instantes de conhecimento? Experiência? E penso que não estou sozinha neles: há nos registros dos alunos potenciais de

Por cima de um bordado de minha mãe para seu enxoval de casamento, em 1954, a edição de Água Viva *dos projetos especiais publicados pela Editora Rocco com textos de referência e fragmentos de gestos de escrita da autora.*

transformações, ativação de memórias, pequenos suspiros profundos de conexão com o que impulsionou a levá-los ao curso. Sozinha aqui nesta escrita, reflito que ver as marcas da Ângela pel'A Casa, os rabiscos de Clarice Lispector na edição para fãs e meus registros deste percurso me lembram os cadernos que guardo há anos só por conta de ter a letra da minha mãe.

Segundo desvio

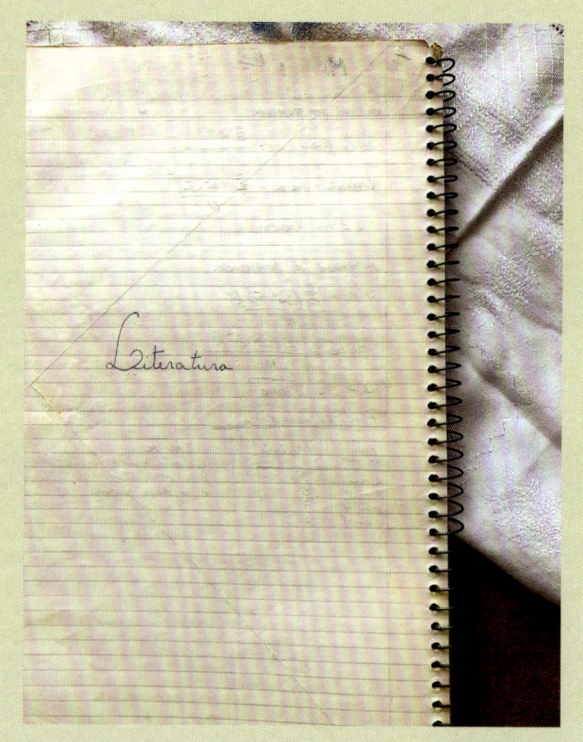

De uma abertura caprichada.

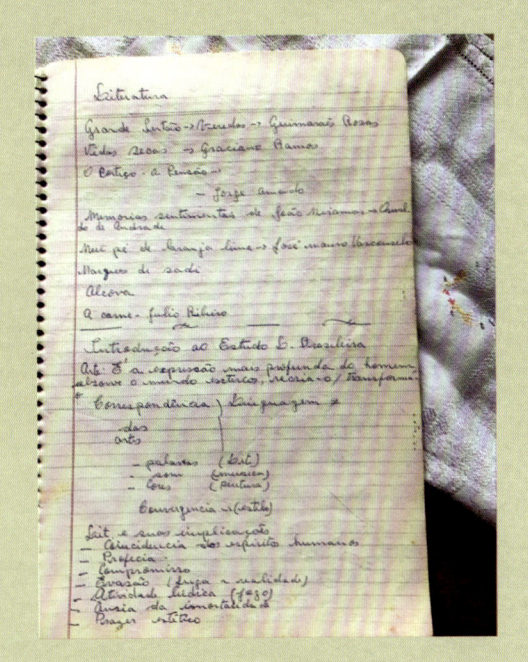

De definições e cânones e porquês. 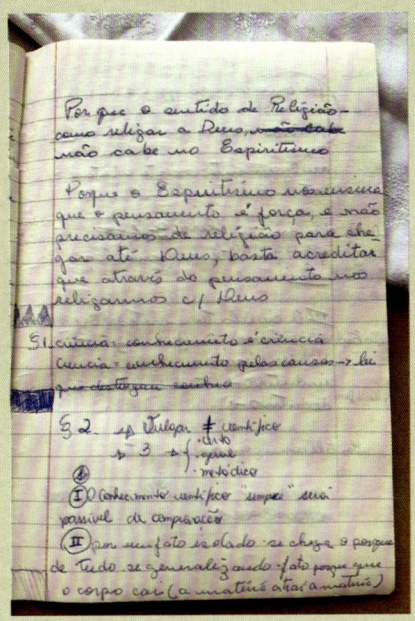   *De um outro caderno, os estudos religiosos se unem nas nossas letras, nos gestos de escritas.*

    A inscrição, a escolha, a marca que ela quis deixar sobre seus pensamentos, estudos (como já citei, minha mãe faleceu quanto eu tinha catorze anos e pude ficar com cadernos dela de um supletivo feito com muita dedicação e profundos estudos sobre as escritas de Allan Kardec e sua invenção chamada Espiritismo, o que ela fazia para muito além de religião).

Assim como a intenção de minha filha em pegar meus cadernos de aula e fazer desenhos na parte de dentro da capa de cada um deles e, desse modo, ela estar comigo mesmo quando não está.

De estar quando não se está.

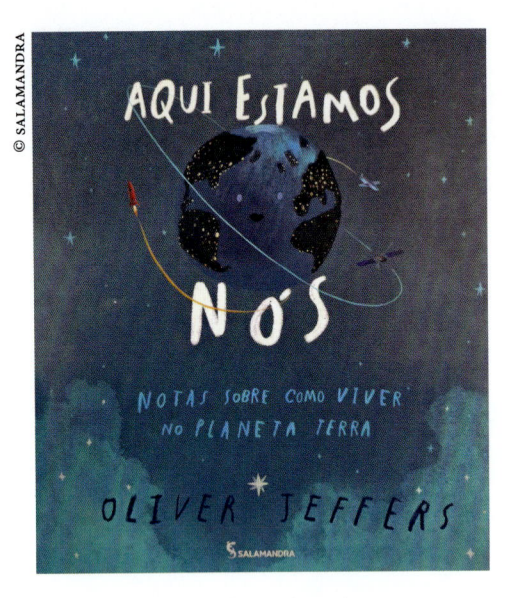

Edição brasileira, Salamandra, 2018.

Estar quando não se está. Enquanto se faz escrita, se faz memória. O que deixar para o outro? Por que deixar?

Desde a primeira turma — na verdade é o que comecei a fazer em 2014, quando fui convidada para ser parte do corpo docente da pós em que eu tinha me especializado, "A arte de contar histórias" — faço questão de mediar livros significativos para mim, fazer a leitura em voz alta com vagar e cuidado. Os motivos variam e às vezes até já usei o mesmo livro com intenções diferentes. Ora pode ser por conta de a obra ter marcado determinada época; ora por conta de uma relação de linguagem que quero destacar; ora porque é um lançamento de determinado autor; ora pelo tema da história; ora porque fiz determinada conexão que antes não havia feito.

Fui encontrando na literatura fragmentos poéticos que poderiam provocar alguma sensibilização diferente aos estudantes em relação à beleza do ato em si. Dá um sabor a mais, que complementa as teorias ancorados na paixão que levou todo mundo na sala de aula a se encontrar. Quando *Aqui estamos nós*, do autor irlandês Oliver Jeffers, chegou ao Brasil em 2018 (havia sido lançado um ano antes nos Estados Unidos, onde ele mora), eu e outros fãs e novos fãs amamos o mote da história: um pai querendo apresentar nossa vida na Terra ao filho que acabara de nascer.

Como autor de livro ilustrado, ele combina palavras e imagens para nos tirar do conforto das definições dos livros, e vemos borrada a fronteira entre livro informativo — afinal tem detalhes biológicos e astronômicos sobre nós e o sistema solar — e literatura — com reflexões comoventes sobre as relações entre nós todos como natureza, na perspectiva macro de um ecossistema, e na perspectiva micro, de um pai que sonha em estar sempre presente. Destaco aqui, algumas passagens.

Na dupla de páginas, desenhos de pessoas com riquíssimos detalhes diferentes individuais, com as três seguintes frases: "Existem pessoas de inúmeros formatos, tamanhos e cores", "Podemos até parecer diferentes, agir diferente e falar diferente...", "... mas não se engane: somos todos gente".[5]

Um dia, em agosto de 2019, nos reunimos entre os coordenadores pedagógicos dos cursos de pós-graduações d'A Casa Tombada para exibirmos apresentações sobre as trajetórias das turmas. Além de uma experiência fundamental para sermos um'A Casa, para mim e Camila foi uma oportunidade de "colocar no papel" um percurso tão vivo e que elaborávamos mais oralmente. Para contribuir como um momento poético da apresentação, escolhi este livro para unir vários aspectos em um ato só: primeiro, na pós, mediar os livros era premissa de cuidado e vínculo; segundo, era um exemplo da potência do livro ilustrado para a infância contemporânea; e, em terceiro lugar, para mim, ele falava de pesquisa. Como assim? Mais especificamente por conta de uma dupla de páginas em que o autor mostra um recorte de nosso mundo com vários acontecimentos simultâneos — um vulcão em erupção, um foguete indo para o espaço, um caminhão na estrada, pequenas casinhas e referências a pontos turístico das cidades de Nova York e Londres, com dois períodos de textos: "Apesar de todo o nosso progresso, nós não encontramos todas as respostas, então, ainda há muito que você pode fazer. [...] Você vai desvendar muitas coisas sozinho. Mas lembre-se de anotá-las para as outras pessoas".[6]

Quando terminei a leitura, o entendimento no grupo da coordenação foi de que o livro de alguma maneira representaria a própria pós ou a sua intenção primeira. A partir disso, comecei a colocar para os grupos nos primeiros encontros, como uma carta de desejos: estudante, você chega a este curso e nós aqui temos um caminho de estudo andado, que tem isso e aquilo que já foi pesquisado antes. Mas o sonho desta coordenação e dest'A Casa é que você, com sua trajetória de antes deste encontro, ressignifique, pergunte, compartilhe.

Tal ponto me referencia a um outro trecho de livro que me comove muito. Só que dessa vez da filósofa alemã Hannah Arendt. No livro *Entre o passado e o futuro*, sobre uma autoridade do saber e sobre as consequências de uma função da escola de "ensinar às crianças como o mundo é, e não instruí-las na arte de viver".

> Dado que o mundo é velho, sempre mais que elas mesmas, a aprendizagem volta-se inevitavelmente para o passado, não importa o quanto a vida seja transcorrida no presente. Em segundo lugar, a linha traçada entre crianças e adultos deveria significar que não se pode nem educar adultos nem tratar crianças como se elas fossem maduras; jamais se deveria permitir, porém, que tal linha se tornasse uma muralha a separar crianças da comunidade adulta, como se não vivessem elas no mesmo mundo e como se a infância fosse um estado autônomo, capaz de viver por suas próprias leis.[7]

Em "O enigma da infância", capítulo do livro *Pedagogia profana*, Jorge Larrosa, para falar de um desejo da sociedade de *capturar* e *entender* a infância, trata de defini-la, compartimentá-la, impor verdades sobre ela:

> Talvez a pior tentação a que sucumbiu a pedagogia tenha sido aquela que lhe oferecia ser a dona do futuro e a construtora do mundo. Porque, para fabricar o futuro e constituir o mundo, a pedagogia tinha de dominar primeiro tecnicamente (pelo saber e pelo poder) as crianças que encarnavam o futuro por vir e o mundo por fabricar.[8]

Foi Larrosa quem me trouxe Hannah Arendt, que, para ele, "escreveu uma coisa tão simples que é difícil de ler (e não abandoná-la), como algo que todo mundo sabe". Hannah Arendt escreveu: "a educação tem a ver com o nascimento, com o fato de que constantemente nascem seres humanos no mundo".[9] E aí complemento esta poesia-máxima-teórica da pensadora alemã com o que ela escreveu ao redor disso:

> O que nos diz respeito, e que não podemos, portanto, delegar à ciência específica da pedagogia, é a relação entre adultos e crianças em geral, ou, para colocá-lo em termos ainda mais gerais e exatos, nossa atitude face ao fato da natalidade: o fato de todos nós virmos ao mundo ao nascermos e de ser o mundo constantemente renovado mediante o nascimento. A educação é o ponto em que decidimos se amamos o mundo o bastante para assumirmos a responsabilidade por ele e, com tal gesto, salvá-lo da ruína que seria inevitável não fosse a renovação e a vinda dos novos e dos jovens. A educação é, também, onde decidimos se amamos nossas crianças o bastante para não expulsá-las de nosso mundo e abandoná-las a seus próprios recursos, e tampouco arrancar de suas mãos a oportunidade de empreender alguma coisa nova e imprevista para nós, preparando-as em vez disso com antecedência para a tarefa de renovar um mundo comum.[10]

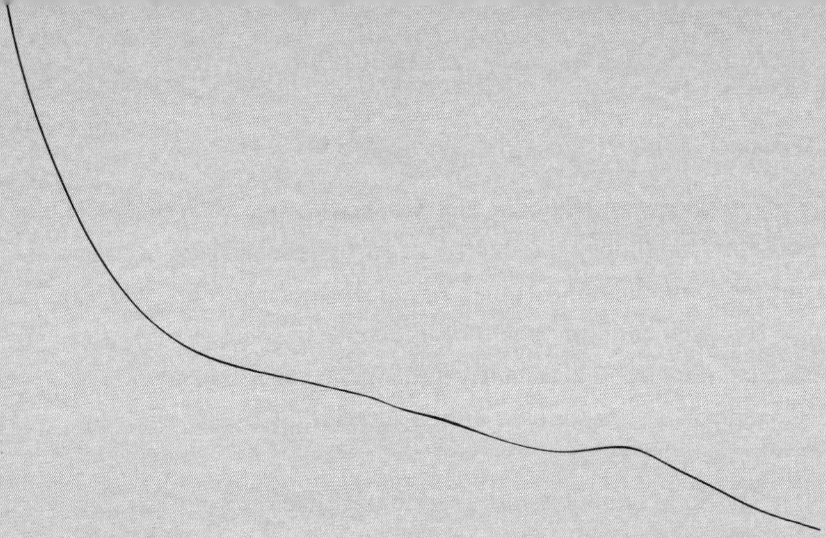

Terceiro desvio

De qualquer lado, altura, caminhos percorridos, livros lidos, histórias ouvidas ou vivências sentidas, educar é uma espécie de aposta. O máximo que podemos sentir é: "bem, agora eu conto com isso". O que me traz neste terceiro desvio a vontade de compartilhar meu texto preferido do livro *Conto de lugares distantes*, em que o autor australiano Shaun Tan delira com o leitor brechas de tempos e vidas. Ou, como diz Neil Gaiman na contracapa: "Cria beleza a partir das pequenas coisas e também daquilo que nunca existiu, mas que nem por isso é menos real".

Capa da 1ª edição brasileira, Cosac Naify.

Contos de lugares distantes, *Cosac Naify, 2012, p. 76-7.*

    Estas intervenções no meu pensar que, por sua vez, interferem na reflexão dos estudantes, que atravessam os particulares de ser mãe, ser filha, ser memória e ser presente, me levam "Alertas mas sem alarme", que sempre leio para as turmas em algum momento.

    A obra foi publicada no Brasil em 2012 pela Editora Cosac Naify,* e, sob o anúncio do fechamento da editora, comprei vários exemplares e fui dando de presente a diversas pessoas em momentos especiais ou até necessários.

    Diz assim:

    É engraçado que hoje em dia, em que toda casa tem seu míssil balístico intercontinental, você mal se lembre dele.

---

* Em 2023, a editora Darkside lançou uma nova edição da obra, *Contos dos subúrbios distantes*, com novo projeto gráfico.

Contos de lugares distantes, *Cosac Naify*, 2012, p. 78-9.

No começo eram distribuídos aleatoriamente. Aquela época era emocionante: algum conhecido recebia uma carta do governo e o caminhão entregava o míssil na semana seguinte. Depois, cada casa de esquina tinha que ter o seu, em seguida, casa sim, casa não, e agora seria estranho se você não tivesse um míssil perto do depósito do seu jardim ou do varal.

Nós entendemos muito bem para que eles servem, pelo menos de forma geral. Sabemos que todos precisam participar da defesa da segurança nacional (retirando a pressão dos depósitos de armamentos) e, o mais importante, somos recompensados com a sensação de que estamos fazendo nossa parte.

É um pequeno compromisso. Só temos de lavar e polir nosso míssil no primeiro domingo do mês e vez por outra enfiar uma varetinha nele para conferir o nível do óleo. Ano sim, ano não, uma lata de tinta aparece dentro de uma caixa de papelão na sua porta, o que significa que é hora de remover a ferrugem e dar uma nova demão de bronze metálico.

Muitos de nós, contudo, começaram a pintar os mísseis de cores diferentes, e até a decorá-los com nossos próprios desenhos, como borboletas ou flores de estêncil. Eles ocupam tanto espaço no quintal que pelo menos podiam ser bonitos, e os folhetos do governo não diziam que é obrigatório usar a tinta que eles dão.

Agora também criamos o hábito de amarrar luzinhas neles na época de Natal. É só você subir o morro durante a noite para ver centenas de cones cintilantes, piscando e brilhando.

E ainda há vários usos práticos para seu míssil de quintal. Se você desparafusar o painel inferior, tirar os fios e tudo mais, você pode usar o espaço para cultivar plantas ou guardar material para jardinagem, os prendedores de roupa e a lenha. Com uma reforma um pouco maior, ele também vira uma excelente toquinha para as crianças, no estilo "astronave", e se você tiver um cachorro, não vai precisar comprar uma casinha para ele. Teve uma família que transformou o deles em forno de pizza, abrindo a parte de cima para virar chaminé.

Sim, nós sabemos que há uma boa chance dos mísseis não funcionarem direito quando um funcionário do governo enfim vier buscá-los, mas com o passar dos anos a gente parou de se preocupar com isso. No fundo, a maioria acha que provavelmente seja melhor assim. Afinal, se há famílias em países distantes com seus próprios mísseis de quintal armados e apontados para nós, podemos torcer para que também tenham achado melhor uso para eles.[11]

Promover um curso, preparar um encontro, receber o "novo", produzir algo criativo ou ler uma literatura é como ir, aos poucos, desfazendo a triste função inicial de um míssil e apostar no inesperado, "que tenham achado melhor uso para eles". Vejo assim também uma intenção de meu registro e dos registros de aula, um registro-escrita-desenho-inscrição. Que, às vezes, "chega" antes quando estamos educadores abertos à escuta — na verdade esta é a condição mínima, do direito do estudante de tombar o professor — e se dá em uma aula-encontro-acontecimento-desejo. Essa espécie de *torcida pela vida* que Shaun Tan traz. Que, para mim, é o "palpável" de um estudo coletivo sobre os processos contemporâneos de uma arte extremamente imbricada a questões de educação, ou seja, o tal "livro para a infância". É o tema dos livros, é nosso impulso de estar junto e, também, somos parte: pode uma epistemologia que é semente e que é fruto de uma só vez?

Encontro Giuliano Tierno com a Turma V.

Estudante Aurélio de Macedo, Turma VII, junto ao meu caderno de anotações.

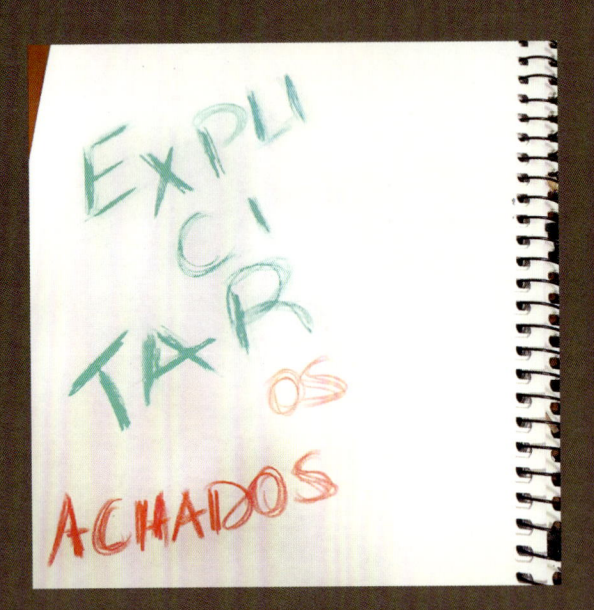

Durante aula de Luiza Christov sobre texto acadêmico, Turma VII.

Enquanto a professora Julie Dorrico lia um conto indígena — lembrar ou marcar.

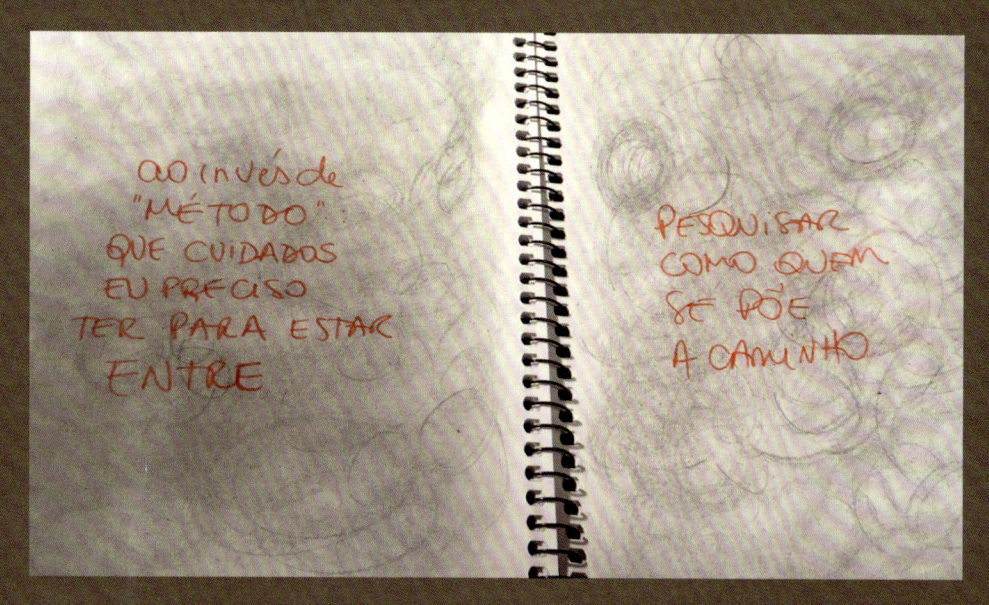

Exercer o direito de questionar metodologias para estar mais perto da experiência.

Lousa da sala principal d'A Casa Tombada em Perdizes com um trecho de uma fala de Angela Lago em entrevista à revista Crescer em 2009: "Lemos e crescemos. Lemos e deciframos um pouco o ser humano e sua capacidade de amar. Quer saber de uma coisa? Acho o livro em si amorável". Uma homenagem na semana de sua morte, em outubro de 2017.

É por isso tudo que nas aulas os encontros são inesquecíveis e, leves ou doídos, são sempre uma novidade.

Olho, então, para as marcas deixadas em um caderno espiral comum, comprado em alguma grande rede de papelaria. Recolho cliques de celular, meus e dos estudantes. Tem anotações formais, tem criações inesperadas, poderiam parecer úteis apenas para a apreensão da informação, sim. Ao mesmo tempo, no entanto, olho para as anotações como desenhos de uma confirmação de uma história vivida. Um registro. Um *foi*.

As notas-fotografias também dão conta de atravessamentos "fora" d'A Casa, curso, turma: somos afetados por um mundo da informação e dos acontecimentos. Na semana da morte da autora mineira Angela Lago,* em outubro de 2017, decidi registrar uma homenagem lembrando de um trecho de uma entrevista que ela deu a mim, pela revista *Crescer*, em 2009.

Um segundo exemplo é marco-festa: a noite em que o livro *Sagatrissuinorana*** venceu o prêmio Jabuti de Melhor Livro do Ano, 26 de novembro de 2021. De João Luiz Guimarães e Nelson Cruz, o lançamento da Ôzé Editora já havia levado a categoria de Melhor Livro Infantil. A cerimônia, transmitida pelo Youtube por conta do distanciamento social com a pandemia de Covid-19, começou uma hora antes de uma das aulas da Turma VII, às 19h. Já havíamos comemorado a

---

* Angela Lago foi sempre um farol para leitores e criadores de livros, desde os anos 1990 inovando nas possibilidades gráficas de se narrar histórias, também incluindo o pensamento do design como parte. Pontos vistos em livros como *De Morte!*, em que ela cria uma aba que simula uma porta, sugerindo o deslocamento de um folha quando grampeada no livro. Para além disso, uma voz importante a respeito dos direitos de artistas, crianças e mediadores de leituras e literaturas.

** Mais adiante, resenha com informações sobre esta obra que marcou a história do livro ilustrado para a infância no Brasil.

Em bordas amarelas, seguro o celular para mostrar a Marilda Castanha e Nelson Cruz a alegria dos estudantes diante da premiação.
Alunos: Camila Sabina, Camila Feltre, Anna Luiza Guimarães, Ananda Luz, Amma e Aurélio de Macedo. Com Mariana Amargós.

vitória de nossa aluna Amma, com seu *Amigas que se encontraram na história* (Quintal Edições, em parceria com Angélica Kalil) e estávamos na torcida por outro aluno da mesma turma, Yuri de Francco, escritor de *O menino que virou chuva* (com Renato Moriconi, editora Caixote). Começamos o encontro online, um dos últimos daquele grupo. Quase ao final, um burburinho no chat e nas telas: fomos informados do prêmio do *Saga* na categoria máxima e não nos contivemos de alegria. Terminando formalmente a aula e na euforia da comemoração, do acontecimento histórico de valorização de autores de livro ilustrado, entrei em contato com Marilda Castanha, casada com Nelson Cruz, e ela fez, então, uma chamada de vídeo em que pudemos comemorar juntos todos — eu, Camila, parte da turma e o casal.

Foi no mesmo momento que estes estudantes sugeriram que eu fizesse para o canal do Youtube d'A Casa Tombada uma *live* especial com todos os envolvidos, o que aconteceu no dia seguinte, sendo ao mesmo

Antes de entrar no ar, nossa alegria imensa de estar juntos, cada um a seu modo entendendo e sentindo o momento histórico para quem lida com livros e infâncias.

tempo conteúdo de estudo e comemoração. Para me dar mais força na mediação, convidamos Odilon Moraes, professor da nossa pós desde a Turma 1, nossa grande referência da discussão sobre livros ilustrados.

Como tomar notas de aulas se tanto nos parece imponderável? Aqui vão algumas pistas. Cada risco, cada clique um passo na produção de conhecimento, na vida, no fazer língua, texto, comum.

Porque sempre gostei de olhar para as marcas. Eu adorava mexer nas mãos da minha mãe. A palma tinha uma aspereza de quem cuidava de uma casa havia décadas. O dorso uma infinidade de pintas de muitos tamanhos de quem se expôs no mundo.

Na praia, sempre me fascinou olhar as pegadas anteriores, as rodas dos pneus de bicicleta passadas naquela imensidão de areia que sempre está lá e, ao mesmo tempo, é outra, é uma nova paisagem a cada instante. Quantas pessoas teriam passado por ali nas últimas horas? Pés grandes em companhia de pés pequenos. Castelos desfeitos pela água. E aqueles furos misteriosos que nos apontam outras vidas escondidas? E as escritas que se desmancham em segundos?

Como um coletivo disposto a provocar a pensar não apenas o livro para a infância e suas relações, mas também para *pensar este pensar*, ou seja, *pensar a pesquisa*, pode inventariar um patrimônio-estudo? O que é escrita num percurso a conhecimentos? Qual o modo ideal de registros, que escolhas fazer, para onde isso leva o pesquisador?

No começo da Turma VII, a primeira 100% online, algum tipo de carência de quem vivia encontrando pouca gente na pandemia, misturada a uma vontade imensa de conhecer aquelas pessoas, me incentivou a pedir que os estudantes publicassem na plataforma de estudos fotos de seus cadernos e anotações-respostas para uma pergunta que fizemos: "O que move a sua pesquisa dentro da pós 'O livro para a infância'?". Foi um show de pensamentos, escolhas, gestos. Parecia que era só forma, mas nos deu conteúdo. Parecia só conteúdo, mas nos deu forma. Era tudo inscrição.

Uma querida aluna desde 2015, a psicopedagoga Silvia Leite tem dificuldades motoras para escrever tempo demais à mão: carrega o tablet para as aulas desde quando frequentava A Casa presencialmente, ainda em Perdizes, em cursos livres antes da pós. Ama compartilhar as fotos que faz do nosso percurso. Para esse exercício, fez questão de participar analogicamente e sua força imensa vem nas marcas, nos termos, e até no comentário de Camila Feltre.

O exercício, claro, aqueceu a distância lisa das telas de computador. Mas a caligrafia é um tipo de joia: assim como o modo online não me impediu de ver a letra de cada um, nas turmas presenciais eu ganhava gestos de escrita assim ao acaso. No exercício das resenhas-afetivas, por exemplo, recebi algumas feitas a caneta Bic, outras impressas e grampeadas em pastas escolares, muitas em PDFs provindos de Word, e todas sob a escolha das alunas e alunos, que entregavam da maneira como queriam entregar.

E as ilustradoras, o que se pode imaginar? Além de desenhar no caderno, hoje compartilham conosco "cliques" dos professores em cores e traços nos grupos de WhatsApp. Uma Isabel Santos Mayer,* uma Cristiane Rogerio fazendo o que mais ama, mediar livros (ver p. 79), muitas imagens.

Tudo textura. Tudo vínculo. Tudo beleza-experiência.

Em *A salvação do belo*, o filósofo coreano Byung-Chul Han reflete sobre a estética do liso, o belo na era digital, sobre a beleza como verdade, sobre a política do belo e uma estética do desastre. Lançado pela Vozes em 2019, conheci a obra toda em 2021, quando vivi uma tentativa específica de criar ou manter relações com estudantes que raramente ou talvez eu nunca encontrasse pessoalmente. É também um desafio permanente manter uma produção de conhecimento coletiva a partir de um objeto que, muitas vezes, só quem está segurando-o nas mãos sou eu, ou um outro professor. Ou somente um aluno da turma que nem no Brasil está. O que, então, aconteceria *mesmo assim*? O que nos mantém conectados? Han me traz algumas hipóteses:

---

* É educadora social, mestra pelo Programa de Pós-graduação em Turismo da Escola de Artes, Cultura e Humanidades da Universidade de São Paulo (PPGTUR/EACH/USP), bacharel em Turismo, licenciada em Ciências Matemáticas, tem especialização em Pedagogia Social. Desde os anos 1980, atua em organizações não governamentais facilitando processos de criação de Centros de Defesa dos Direitos de Crianças e Adolescentes (Cedecas) e de bibliotecas comunitárias gerenciadas por jovens. Foi uma das criadoras e coordenadoras do Prêmio Educar para a Igualdade Racial do CEERT. É empreendedora social da Ashoka, docente de "Mediação de leitura" na pós-graduação "Literatura para crianças e jovens" do Instituto Vera Cruz e coordenadora do Instituto Brasileiro de Estudos e Apoio Comunitário (Ibeac). É cogestora da rede LiteraSampa, finalista do Prêmio Jabuti 2019. Foi curadora da 11ª edição do Prêmio São Paulo de Literatura. Membro do Conselho Curador do 63º e 64º Prêmio Jabuti. Prêmios recebidos: Retratos da Leitura no Brasil-2018; Estado de São Paulo para as Artes-2019 e 67º Prêmio APCA — Associação Paulista de Críticos de Artes, na categoria Difusão de Literatura Brasileira, Prêmio Pessoa Inspiradora da Associação Paulista de Fundações (APF) 2021. Vem para a nossa pós e nos encanta em caminhos possíveis para o direito humano de ler.

Ao se observar o belo, o querer recua. Esse lado contemplativo do belo também é central para a concepção da arte de Schopenhauer, que diz "que a alegria estética do belo, em grande parte, consiste em que, alcançando o estado da contemplação pura, dispensamos por um momento todo querer, ou seja, todos os desejos e inquietações, desfazendo-nos igualmente de nós mesmos". O belo exime-me de mim mesmo. O eu imerge no belo. Ele sai de si perante o belo. [...]

A tarefa da arte consiste, desse modo, na salvação do outro. Salvação do belo é salvação do outro.[12]

[...]

A crescente estetização do cotidiano torna impossível a experiência do belo como experiência da vinculação. Ela produz apenas objetos de curtição volátil. A crescente volatilidade não diz respeito apenas ao mercado financeiro. Abrange toda a sociedade. Nada tem perenidade e duração. Diante da contingência radical, cresce a saudade da vinculação para além da cotidianidade. Hoje, nos encontramos em uma crise do belo na medida em que o belo se tornou um objeto liso da curtida, do like, do conforto, do arbitrário, um objeto para qualquer hora. A salvação do belo é a salvação da vinculação.[13]

E se o belo aqui não for o livro, o objeto de arte apenas? Para mim, o belo pode ser um imponderável "aaaaaaaaah", que soltamos baixo dentro de nós mesmos quando um pensamento cruza outro. O belo também pode ser um imponderável "hummmmmm", uma dúvida incômoda, ou um incômodo sem nome diante do desconhecido ou sob o impacto de "não, isso eu não quero ouvir mais". O belo também pode ser este imponderável aceite do acolhimento, o silenciar para opinar depois. Dar tempo.

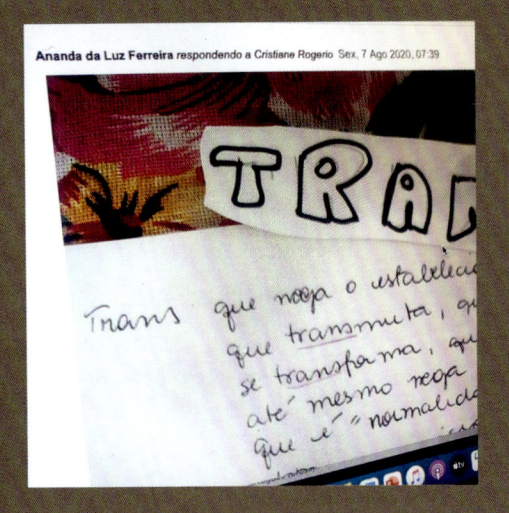

De Teixeira de Freitas, sul da Bahia, Ananda da Luz Ferreira fincou na turma o termo "transbordar" como condição de conhecer.

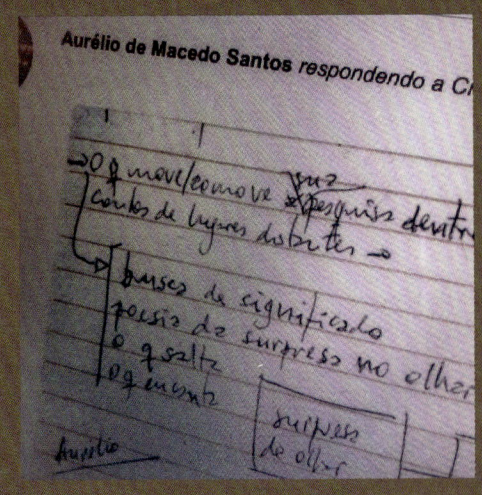

De Cabreúva, interior de São Paulo, Aurélio de Macedo nos deu relações entre o mover-se e o comover-se.

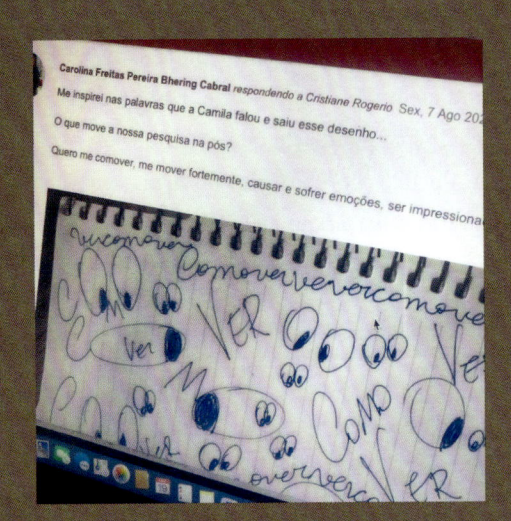

Carolina Freitas, do Rio de Janeiro, guiou-se pelas palavras de Camila Feltre em uma escrita-desenho-brincalhona.

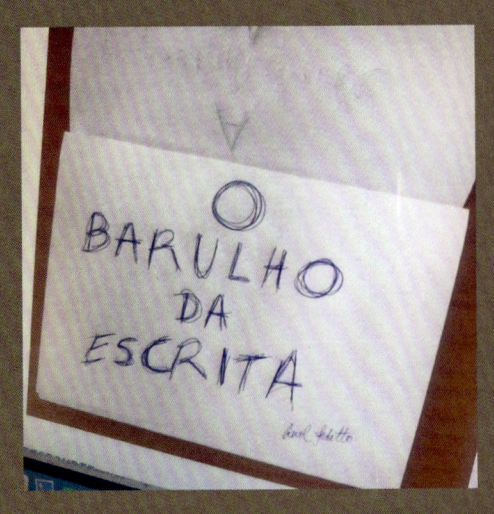

De Belo Horizonte, Carolina Fedatto ouviu um grito.

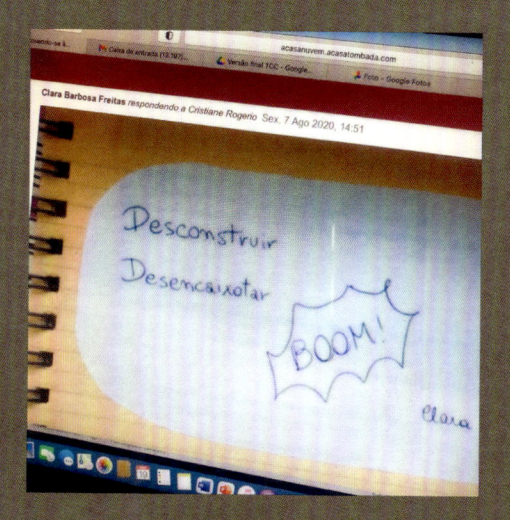

Do Rio de Janeiro, Clara Freitas quis exibir o impacto, a abertura, o começo.

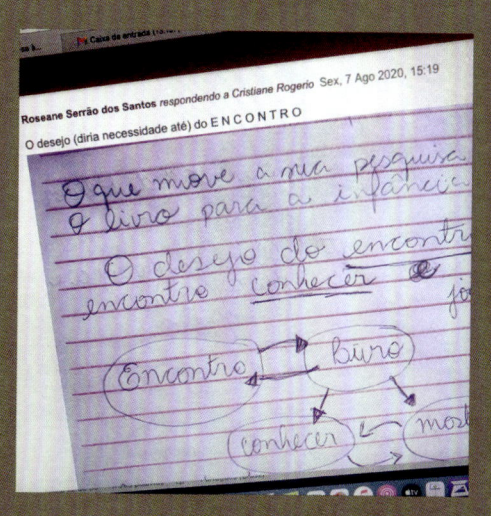

De Macapá, Roseane Serrão marcou forte o desejo do encontro.

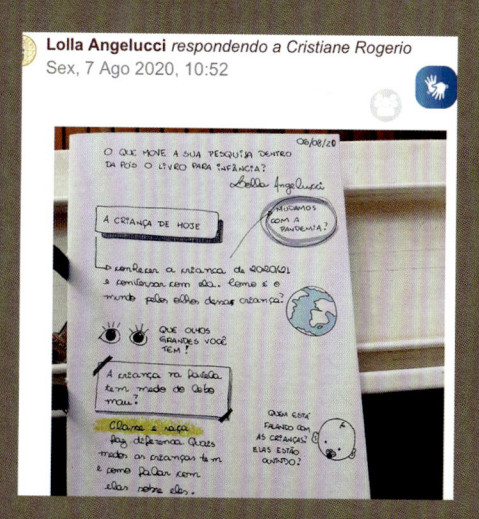

De São Paulo, Lolla Angelucci brincou com quem poderia ser, foi criança, foi mundo, foi tempo kronos e tempo kairós.

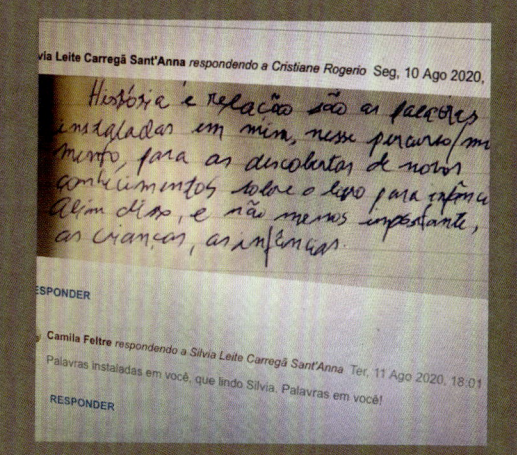

Escrita da estudante Silvia Leite, postada na plataforma de estudos.

Tati Yukie, da Turma V, fez sua resenha-afetiva *sobre o livro* Um Dia, Um Rio, *de Leo Cunha e André Neves (Pulo do Gato, 2016), com capa e textura costuradas.*

Fernanda Ozylak Nunes da Silva
O Livro para a Infância no Brasil/2016

O livro que vou defender é "A Arca de Noé", de Vinícius de Moraes. Sua primeira edição é de 1970 impressa pela Editora Sabiá e é ilustrada por Marie Louise Nery.

Por ser um clássico da literatura brasileira, o livro já teve diversas versões feitas. Vinícius de Moraes tem vários predicados: é um dos criadores da Bossa Nova; autor de peças teatrais premiadas, de livro de prosa e poesia, mas seu legado para o universo infantil jamais será esquecido.

"A Arca de Noé" contém algumas das poesias infantis mais conhecidas no Brasil, como "O Pato", "A Seu sucesso foi alavancado com o lançamento de 2 LPs com renomados intérpretes da MPB, como Chico Buarque e Milton Nascimento.

Dentre as muitas edições desse livro, desejo destacar a edição de 1991, pela Cia. das Letrinhas, ilustrada por Laurabeatriz. Com uma linguagem completamente oposta àquela adotada nos saudosos LPs, a ilustradora opta por utilizar somente um traço mais preciso. Essa foi a edição que me colocou em contato com a obra de Vinícius, tendo pra mim grande valor afetivo.

Essa "lata de cores" dessa edição em

Resenha-afetiva de Fernanda Ozylak, Turma I, sobre A Arca de Noé, *de Vinicius de Moraes, ilustrada por Maria Louise Nery (Sabiá, 1970).*

Desenho da estudante Lolla Angelucci.

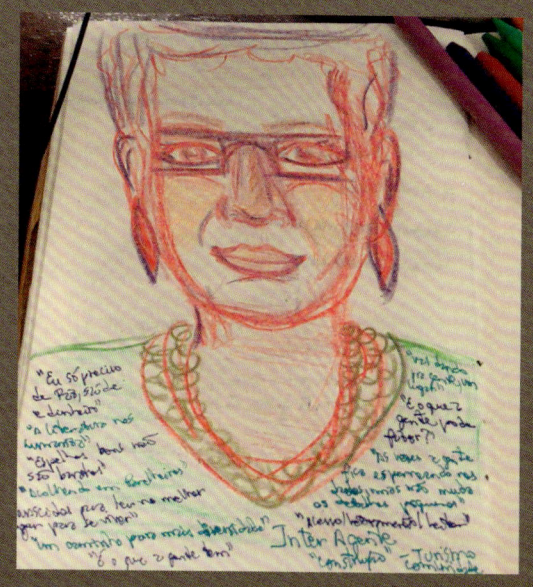

Desenho da estudante Maria Luiza Ramirez

Retrato de Cristiane Rogerio por Fernanda Ozilak.

DOS TEMPOS PARA PENSAR, O EXPLICITAR NO TEXTO ACADÊMICO

> *O sujeito que se abre ao mundo e*
> *aos outros inaugura*
> *com seu gesto a relação dialógica*
> *em que se confirma*
> *como inquietação e curiosidade,*
> *como inconclusão*
> *em permanente*
> *movimento na História.*
> PAULO FREIRE, *Pedagogia da autonomia*

TCC. Trabalho de Conclusão de Curso. Trauma. Alegria. Conquista. Sofrimento. Pode não fazer? Pode ser em primeira pessoa? Tem formato certo? Até quando?

O meu TCC da faculdade de jornalismo foi uma revista de música brasileira. Era 1996 e estávamos em um período em que a Faculdade Cásper Líbero permitia que escolhêssemos o formato, não precisava ser a sempre temida monografia. Podia ser em grupo e eu e minhas quatro amigas fizemos tudo: as entrevistas, a capa (Chico César que explodia com sua "Mama África!"), o design, a impressão no escritório da minha casa. Teve apresentação cantada — uma das amigas era a cantora Janaina Bianchi —, teve powerpoint e banca composta por Carlos Rennó, amigo de Gilberto Gil.

Acho que, por isso, aprendi que TCC era alegria.

Meu primeiro movimento para uma continuação da vida acadêmica — na faculdade eu não via a hora de terminar e só trabalhar nas redações o resto da vida — foi uma pós-graduação que durou apenas uma turma e se chamava "Formação de escritores", sob a coordenação do professor e escritor Gabriel Perissé. Como encontro foi perfeito, como diploma não aconteceu, mas teve TCC. A proposta abria a possibilidade de fazer um texto literário e, então, eu achei que devia fazer um livro infantil. Assim foram os primeiros passos dela, a Carmela Caramelo, uma personagem que criei a partir de fragmentos poéticos de várias mulheres que eu conheci, de quem ouvi histórias. Carmela já nasceu assim, muitas em uma só. Foi o suficiente para concluir aquela trajetória.

Anos depois, já na revista *Crescer*, foi o momento da segunda pós-graduação, esta consolidada em todos os aspectos, mudando para sempre o meu rumo. Era a primeira turma do curso "A arte de contar histórias", criado por Giuliano Tierno em 2010. Não sabíamos o que estávamos gestando exatamente: virou A Casa Tombada, virou esta escrita, virou sentido, virou força, virou encontros inesquecíveis, virou difícil de definir. Virou abrigo de viver um tudo.

Também fiz uma monografia para essa pós e a minha pergunta era: por que tanta gente deixava de brincar? Isso tinha a ver com a minha família, que não deixou de ouvir histórias, nem de assistir desenhos animados, nem de passar tardes nos tabuleiros de jogos diversos. A gente brinca até hoje, talvez de formas diferentes, mas fabulando sem fim, recorrendo à ficção sempre que a realidade dá uma rasteira — e olha que tivemos muitas. No dia a dia com as reportagens da *Crescer* esse espanto do parar de brincar ganhava razões e estatísticas. As minhas perguntas não paravam e Giuliano Tierno, como meu orientador, me convidou a escrever, a explicitar. Hoje compreendo mais esse movimento dele em específico, o que ele queria dizer quando me "alertava" de que eu precisava produzir algo além das reportagens.

Fui. A última versão tinha o título: *Entre o controle e o descontrole — o brincar na maturidade*, e trazia as seguintes questões na introdução: "Onde foi parar o brincar quando crescemos? Ele realmente deveria ir para algum lugar? Como e por que aprendemos que o brincar perde a importância após o letramento? Em busca de qual sentimento ensinamos que levar a vida a sério é garantia de um mundo melhor?".[14] Arrisquei umas hipóteses no início:

> Infância muitas vezes rima com saudade. Para a maioria. Mesmo quem tem uma lista de amarguras de lembrança, descobre lá escondido um sentimento aliviante de esperança. A gente acreditava quando era criança.
> O brincar é uma forma de manter esse tipo de fé. Com consciência ou não de estar vivendo uma fantasia — será mesmo que alguém poderia sentir isso? — nós sabemos que brincando podemos transformar. E é dessa liberdade que temos saudade.
> Por que brincar adulto é taxado como algo menor, sem importância, fora de hora? Por que desprezamos essa chance de inventar algo para manter a esperança de transformar? Esta pergunta me inquieta há anos. Desde que alguém — não sei quem foi, claro, é daquelas vozes que falam na nossa cabeça mesmo sem sabermos de onde vem — me sentenciou como "agora a coisa é séria. Você está grande, é hora de parar de brincar". Não foi minha mãe. A infância toda ela brincou comigo com jeito de brincar adulto. Nunca deixou de ser mãe para me contar histórias, assistir aos filmes, amar a Mary Poppins e a Maria de *A noviça rebelde*, se divertir comigo no circo ou brincar de casinha. Também não foi meu irmão de amor, meu cunhado, que é o mais forte contador de histórias da minha vida. Seja nas anedotas ou "causos" de sua vida no interior, ele sempre me deixou claro que rir, inventar, ousar, brincar nunca é demais. E quando minha mãe faleceu e toda a vida da minha família enfrentou uma realidade de acontecimentos indesejáveis ao pior inimigo, não levamos tudo na brincadeira. Assumimos juntos com a seriedade exigida todos os reveses. Mas nunca nos amarguramos. Nunca deixamos de brincar, de sonhar.
> Por tudo isso, na minha vida não é somente a infância que habita as brincadeiras. Fico à vontade nesse ambiente, seja a brincadeira acontecendo da maneira que for: na imaginação, com objetos brinquedos e

jogos ou espetáculos culturais. Os encontros são brincadeiras e os resultados, um quê de liberdade.

Na brincadeira me sinto livre. Mas e a criança, assim se sentiria também? Quando vou para a infância, a lembrança do brincar vem com as regras do jogo e sociais — o que eu queria, o que os amigos queriam —, mas vêm também os momentos de solidão: eu era capaz de ficar horas e horas sentada em frente a uma gaveta com minipeças que imitavam móveis, fofoletes e outros bonecos. Horas.

Na minha casa, é como se ninguém houvesse parado de brincar. Ninguém é educador ou artista. Seguimos com a vida, lidamos com as perdas, mas o brincar continuou. Acredito que essencialmente porque nunca foi motivo de vergonha, exclusão. Nem fuga.[15]

Pelo texto, passeei com referências teóricas, lembranças, fui explicitando e fazendo perguntas. O poeta Manoel de Barros já caminhava comigo, ainda bem.

Por inspiração de Lourdes Atié, coloco aqui um trecho de texto do escritor moçambicano Mia Couto, do livro *E se Obama fosse africano?* Acredito ser uma das chaves desse início de discussão, uma vez que aqui a questão é tentar desvendar o mistério, a inexplicável capacidade de uma criança brincar, junto à nossa incapacidade de entender, acoplada à nossa necessidade de querer repetir isso quando adulto.

A infância não é um tempo, não é idade, uma coleção de memórias. A infância é quando ainda não é demasiado tarde. É quando estamos disponíveis para nos surpreendermos, para nos deixarmos encantar. Quase tudo se adquire nesse tempo em que prendemos o próprio sentimento do tempo.

A verdade é que mantemos uma relação com a criança, como se ela fosse a maioridade, uma falta, um estágio precário. Mas a infância não é apenas um estágio para a maioridade. É uma janela que, fechada ou aberta, permanece viva dentro de nós.

E será que perdemos ou escondemos essa infância viva? Ou fazemos como o poeta Manoel de Barros, em *Achadouros*?

Sou hoje um caçador de achadouros da infância. Vou meio dementado e enxada às costas cavar no meu quintal vestígios dos meninos que fomos.

Serei eu uma achadoura de infância? Não devemos ser todos? Não caçadores de nostalgia, ou de suposta felicidade: mas caçadores de esperança. De fé. Se acreditávamos quando brincávamos, é porque brincar é um tipo de fé.[16]

Não é raro que os estudantes desde a entrevista já questionam sobre o Trabalho de Conclusão de Curso. É uma ansiedade, uma angústia e pouco adianta a coordenação tentar acalmar. Desde a Turma I, ao lado de Giuliano Tierno, Luiza Christov e Arthur Iraçu Fuscaldo — os três que levavam oficialmente a teoria da pesquisa acadêmica para o curso "O livro para a infância" — eu ia construindo concepções sobre as possibilidades diversas de se dizer algo ao final de um curso. Mas, confesso, achava que pensar sobre isso durante o percurso causava algum tipo de amarra com o pensamento, tornava mais importante o depois do que o durante. Eu amava tanto já essa pós que, ingenuamente, segurava o assunto para os últimos dias de encontro, quando pegava mais firme nos prazos, modos, possibilidades etc. Inconscientemente, agia assim porque, no fundo, achava que o sofrimento da escrita seria uma distração à potência dos encontros, num percurso de aula de dois anos.

A insegurança era imensa e então eu não via problema. Por trás disso, estava uma identificação da agora Cristiane-coordenadora ou Cristiane-orientadora com a Cristiane-repórter e a Cristiane-editora do jornalismo. Perguntar, anotar e escrever: eu fazia isso desde 1993! Em algum lugar desse meu conforto, eu acreditava que era, uma vez todos ali juntos por uma paixão, que bastava chegar o momento da escrita e, pronto, ela aconteceria. Fui aos poucos me dando conta de que eu, embora recente como coordenadora pedagógica, via muito em comum com as grandes reportagens que havia feito na *Crescer*, com uma liberdade de escrita desde que com rigor com a apuração. Como a *Crescer* é uma revista segmentada, saíamos muito do "jornalismo informativo" e íamos para o "jornalismo interpretativo", para citar aqui termos que hoje não são mais usados, mas foram da minha formação na graduação. No "interpretativo", a gente encontrava um lugar para se colocar como pensadora, articuladora do texto, sem necessariamente ser diretamente "opinativo" (um terceiro modo de "jornalismo" que aprendi na Cásper Líbero).

Acima de tudo eu já era tão fascinada com essa possibilidade-liberdade da escrita com aqueles moradores d'A Casa Tombada, que só imaginava que íamos realizar. Afinal, era ali o lugar de abrir estas reflexões. Como estas falas de Luiza Christov, em uma palestra para a Turma 1 em 27 de abril de 2016: "É interessante começar a discussão do trabalho acadêmico por isso, porque não há imagens desta situação coladas em nós". Em seguida, pediu que a turma se dividisse em grupos e discutissem a partir da seguinte provocação: "Quais as representações que vocês têm com a experiência de fazer e/ou sobre a escrita acadêmica?". "Foi um divã", definiu depois uma das alunas. E continuou Christov em sua palestra para aquela turma:

> A nossa escolarização nos afasta tanto da escrita que passamos a acreditar que nós não podemos ser autores, e que alguns são mais qualificados do que outros.

> O discurso acadêmico é o esforço da explicitação.
>
> Sim, as referências não precisam ser só de autores publicados. Podem ser da experiência.
>
> Mas não é por frescura que a gente precisa da referência, é um carinho com quem já estudou o assunto. É o autor não como "deus", mas como companheiro.

No ano seguinte, foi o educador Arthur Iraçu Fuscaldo, à época coordenador de uma outra pós n'A Casa, "Histórias e culturas afro-brasileiras e indígenas para a educação", que fez quatro encontros com a mesma turma para mergulhar um pouco mais no que A Casa entendia como texto acadêmico. A turma já num percurso ainda mais íntimo, fazia muitas perguntas. A designer Fernanda Ozilak via lá na frente: "Tem que chegar a algum lugar? Temos que saber isso quando começamos a escrever?". Ouviu de Iraçu: "Talvez o resultado seja até onde você chegou. Talvez você lance mais perguntas. Pode ter um roteiro, uma suspeita. Mas não significa que o caminho tem que estar pronto antes".

Da Turma I, somente uma aluna não fez o TCC, por questões pessoais. Tivemos artigos tradicionais, digamos assim, monografia escrita em dupla, orientação em dupla, mas produções gráficas separadas, relatos de experiências. Em pânico de viver aquela responsabilidade pela primeira vez, pedi ajuda a Giuliano e aos professores: muitos adiamentos, sofrimentos, dúvidas, mas zero arrependimentos. O passo de inscrição própria dado por aquelas primeiras estudantes que se arriscaram comigo na pós me fortaleceu para seguir.

Da Turma II em diante, as possibilidades foram só se abrindo. Claro que há uma formalidade, há os *padrões de língua* organizados pela Associação Brasileira de Normas Técnicas (ABNT) e que estabelecem parâmetros de formatação ao texto acadêmico, mas também há texturas diversas, formatos, formas de escrita, citações literárias misturadas a teóricas, produção de imagens, vídeos. Inscrições de si. O trabalho final de Liliana Pardini Garcia dos Santos, estudante que entrou advogada no curso e saiu autora de livros ilustrados,* foi um relato de experiência da criação do livro *É hoje!* (lançado primeiramente como publicação independente, depois incluído no catálogo das Edições Barbatana). Orientada à época pela autora e pesquisadora Aline Abreu (professora do curso), Liliana assumiu uma narração em primeira pessoa, colocou diálogos, expôs esboços:

> O que eu estava fazendo? Adiando a vontade. Preenchendo caderninhos com ideias que ficavam guardadas. Para quando? Para quando tivesse tempo. Depois do prazo daquele processo, depois da festa de casamento, depois que os filhos estivessem na escola, depois da construção da casa...
> — Tem um curso de pós-graduação sobre "Livro para a infância", na Casa Tombada — me disse a mediadora do grupo de leitura do qual participava, Deborah Brum, quando contei a ela que havia escrito uma história infantojuvenil.
> — Mas é um curso que me ajudará a escrever? — perguntei para o moço que atendeu o telefone na Casa Tombada.
> — Ele não é um curso de escrita, mas pode te ajudar nesse caminho.
> No primeiro dia de aula, descobri que o moço, além de atender telefone, era professor do curso e cofundador da Casa, Giuliano Tierno. Em sua disciplina ele propôs um exercício no qual cada aluna recebeu um livro ilustrado e, pelo olhar, escolheria a aluna de quem iria responder uma dúvida sobre a expectativa do curso. Essa dúvida não foi dita, permaneceu em pensamento. A aluna com o livro escolheria uma página aleatória e, inspirada pela imagem, intuiria uma resposta.[17]

---

* Mais à frente, serão apresentados conceitos de livro ilustrado como gênero textual.

Três anos depois, na Turma VI, uma ilustradora, Eunice Aparecida Lopes Montenegro (Nice Lopes), criou sua própria textura para o TCC intitulado: "O livro para a infância como abrigo poético — representação simbólica do livro como manto/vestimenta de proteção". Ali, ao invés de falar sobre um livro literário criado, ela narra que o curso e o convite à escrita fizeram uma ideia, digamos, acontecer. Teceu e expôs o tecido (inclusive avessos): embrulhou a ideia aos leitores do TCC para que desamarrássemos seu percurso na pós, assim como ela foi desenrolando os nós que a levaram até a pós e seguiram com ela até ali.

Na página da Biblioteca d'A Casa, no site d'A Casa Tombada, além do TCC em PDF completo para ser lido, Eunice postou links e QR codes para podermos ver melhor sua trajetória no curso, uma sugestão que passamos a dar a partir da Turma VI: a criação de um livro-percurso. Foi uma maneira de sugerir às estudantes e aos estudantes que guardassem memórias do curso ou de criações disparadas em aulas, por exemplo. Um caminho para encontrar o tema de pesquisa a ser desenvolvido em uma produção final. Tem acontecido de várias formas, uma vez que vale a criatividade e o desejo da aluna ou aluno. O da Eunice vem costurado, o que faz sentido depois, quando vemos *Manto de menina*,* um livro literário que ela criou a partir de sua história de vida com a história da pós.

Curioso que, de alguma maneira, eu também já tinha experimentado isso de criar algo literário-artístico como TCC. Só que não foi assim, tudo em final do curso, normas ABNT ou banca de apresentação pós-leitura de trabalhos. Minha outra produção de conhecimento, como disse antes, foi a criação de um livro para a infância, da pós "Formação de escritores". Como não houve turmas após a minha — a parceria entre Gabriel Perissé e a faculdade não continuou —, não contou como especialização. Porém,

---

* É possível ver completo em: <https://online.pubhtml5.com/jbmc/wali/#p=7>.

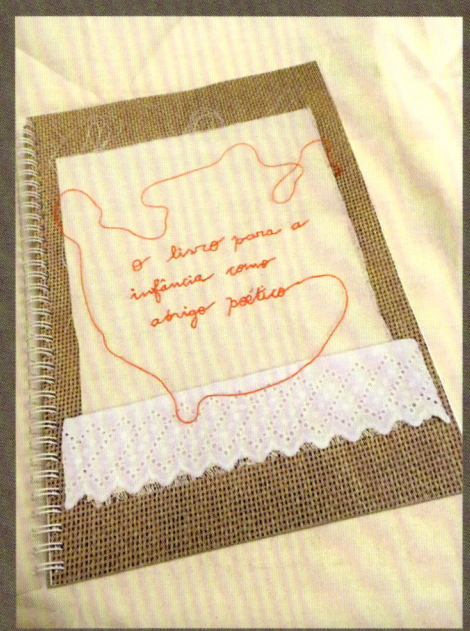

TCC da estudante da Turma VI, Eunice Lopes Montenegro — O livro para a infância como abrigo poético.

Livro autoral Manto de menina, *da estudante Eunice Lopes Montenegro.*

criar o que narro a seguir foi das experiências mais incríveis para conhecer meu tema de pesquisa de quase duas décadas.

Para concluir o curso sobre escrita em 2008, criei uma personagem chamada Carmela Caramelo, inspirada em fragmentos de várias mulheres: minha mãe, minha avó (a partir das lembranças da minha irmã, pois eu tinha três anos quando ela faleceu), avós das minhas amigas e amigos, outras mães. O nome veio da brincadeira e só depois me dei conta de que Carmela era o nome da mãe da minha mãe. Não tinha uma história, mas essa mulher com características, de bem com a vida, mas que também enfrentava seus conflitos. Para isso, no final, eu dizia assim: "Nem sempre o que acontece é do jeito que a gente gosta/ Tem dias que sim, mas tem dias que não/ Bom mesmo é dar um monte de abraço a cada sim/ E a cada não".

Etapa finalizada. Mas guardei o sonho.

Pouco tempo depois, encontrei pela primeira vez o autor de livro ilustrado André Neves, um pernambucano que morava no Rio Grande do Sul, um dos autores mais amados da literatura para a infância no Brasil. Minha tarefa era gravar um vídeo com ele para o site da *Crescer* e, não sei bem por que, mostrei a ele os impressos do meu "livro". Ele viu no mesmo instante. Emocionou-se e disse que tinha um livro ali.

Não levei a sério nem o que ele disse, nem os nãos da Editora Globo e outras. Só guardei Carmela como quem guarda um presente importante. Ela apareceu em "A arte de contar histórias" em uma atividade das aulas de teatro. E ficava ali, sendo eu, mas sem lugar. Um dia, em 2011, em uma feira de livros em São Bernardo do Campo, André Neves decidiu contar sobre Carmela a Amir Piedade, editor da Cortez Editora.

Foi tudo muito rápido. Era agosto, mas logo virou outubro com um e-mail de Amir dizendo que queriam produzir Carmela como livro, que seria com André Neves, que faria em janeiro. Depois era novembro e eu descobri que estava com Clarice crescendo dentro de mim. Aí então chegou abril de 2012, o livro foi lançado só com André no Salão FNLIJ do Livro para Crianças e Jovens,* no Rio de Janeiro. Um mês depois, 19 de maio, estávamos em um evento na Livraria Cortez, recebendo quase cem pessoas para autógrafos. E, então, chegava 24 de junho, eu, escritora, de licença da revista *Crescer*, para me dedicar à maternidade com Clarice.

Carmela e Clarice completaram dez anos em 2022.

Para além das expectativas e enjoos matinais da gravidez, eu vi no mesmo período outra gestação: aquela que você começa abrindo um texto no word, mostra a alguém, esse alguém coloca em um programa de design, cria imagens que você simplesmente não acredita de tanta emoção, fecha um PDF, manda para a gráfica e depois folheia com um frio na barriga que nunca termina.

Nunca terminou. Se em 2008 eu já tinha minha autocrítica avançada, avalie o que eu pensava sobre ser autora de livros para a infância em 2012 e como esse olhar para a minha própria obra foi ficando cada vez mais endurecido, com um misto de culpa, bloqueio criativo para qualquer outro projeto literário, quase uma vergonha. O curioso é que, paradoxalmente, eu nunca deixei de amar a Carmela e isso se renovava fortemente a cada leitor que eu conhecia (de idades diversas) e uma paixão fiel de André Neves, que também só se tornou um artista ainda mais potente desde então.

O que eu não imaginava era que, em 2022, com a Turma VIII em uma sala de zoom de uma aula de sábado pela manhã eu iria entender

---

* A Fundação Nacional do Livro Infantil e Juvenil (FNLIJ) foi fundada em 1968. A entidade, que ocupa uma posição de representar o Brasil no campo da produção da literatura infantojuvenil em eventos estrangeiros, também assumiu de diferentes formas a referência para formação de educadores. Ver mais no blog: <http://esconderijos.com.br/os-50-anos-da-fundacao-nacional-do-livro-infantil-e-juvenil/>. Acesso em: 7 out 2024.

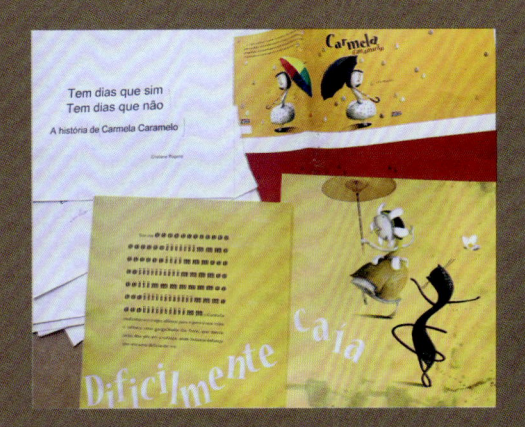

Capa e duplas de páginas do livro Carmela Caramelo, minha parceria com André Neves, lançado pela Cortez Editora.

que o livro *Carmela Caramelo* era também uma produção de conhecimento. Uma escrita de um aprendizado. E que olhar para ele com críticas era o que eu poderia fazer de mais saudável para mim e que poderia afetar os estudantes, que não procuraram o curso para me ouvir como autora em crise, mas que se interessariam pela minha explicitação de um percurso. Nesse dia, narrei a criação de *Carmela Caramelo* e *Bebês do Brasil*, livro-reportagem que lancei com a *Crescer* em 2007, em que viajamos por todos os estados brasileiros e Distrito Federal para narrar a história de 27 bebês. Tinha algo em comum ali: eu. Com os meus passos, minhas conquistas, meus conflitos, minhas dúvidas, minhas histórias.

Diante de uma professora-coordenadora-autora-jornalista que tremia por dentro, fiz o relato sem deixar espaço para perguntas. Quando acabei, havia uma turma estarrecida e eu nem entendia muito o porquê. Queriam me acalmar, haviam se emocionado, lembravam-se de um monte de avós, que viram um Brasil nos meus braços. Um dos estudantes, Thiago Lyra, pediu a palavra, mas o zoom não permitiu. Falou qualquer coisa como quem dava uma bronca na amiga e, minutos depois da aula, escreveu em nosso grupo de WhatsApp:

> Criiiiis, só pra complementar meu comentário ali no final da aula, porque depois fiquei pensando se também eu não tinha sido muito duro na minha fala. Entendo muito esse lado da autocrítica e acho que isso se potencializa mais no caso de expor sua própria obra pra um grupo de pessoas (amigos da área, seus alunos e todas as camadas que possam estar envolvidas no caso). Foi muito nobre da sua parte, considero inclusive que nos presenteou não só nos apresentando o livro e a personagem como falando também de como foi o processo. Mas é isso, acho que, para todo autor, a forma que toma a sua obra — mesmo que cheguemos a soluções maravilhosas quanto à forma — vai haver sempre uma limitação do que era ou represen-

tava aquilo dentro de nós antes de ela vir ao mundo. E nunca será a mesma, se transforma. Além de também de alguma maneira "cristalizar" um tempo ali. De quem a gente e o mundo éramos quando a obra foi feita. Então ao mesmo tempo que foi um pouco angustiante assistir sua autocrítica em curso (eu também sou rei disso!), como falei, foi também emocionante perceber que todos passamos por isso... até minha coordenadora, hehe. Foi só porque teve horas que deu vontade de te interromper e falar "Calma, amiga, a gente te acolhe. Deixa o livro falar por si, ele agora é do mundo e tem seu papel".

E que elaboração foi esta? Foi o que Camila e eu nos perguntávamos depois. Outras questões elaboro aqui:

— Que momento estou como coordenadora que me permitiu enfrentar o medo e me expor?

— Como chegamos todos àquela experiência?

— Quem fui eu naquele momento?

— Como posso ler desse episódio uma trajetória e uma prática que possa nomear como "metodologia" de um curso que pretende discutir o como da pesquisa do livro para a infância, saberes da experiência e saberes acadêmicos a partir de observar os desdobramentos éticos e estéticos de tudo isso?

— Será que isso pode mudar algo nesta turma na hora de produzirem algo *seu* no TCC? Vai fazer alguma diferença?

Busquei ajuda na Clarice, a Lispector, novamente. Elaborando a apresentação para a manhã da qualificação do mestrado deste livro, abri um dos meus trechos preferidos de *Uma aprendizagem ou O livro dos prazeres*. Diz assim:

> Mas sua busca não era fácil. Sua dificuldade era ser o que ela era, o que de repente se transformava numa dificuldade intransponível.

Um dia procurou entre os seus papéis espalhados pelas gavetas da casa a prova do melhor aluno de sua classe, que ela queria rever para poder guiar mais o menino. E não achava, embora lembrasse de que, na hora de guardá-la, prestara atenção para não perdê-la, pois era muito preciosa a composição.

A procura se tornava inútil. Então ela se perguntou, como antes fazia, já que perdia tanto as coisas que guardava: se eu fosse eu e tivesse um documento importante para guardar que lugar eu escolheria? Na maioria das vezes isso a guiava a achar o perdido.

Mas desta vez ficou tão impressionada pela frase "se eu fosse eu" que a procura da prova se tornara secundária, e ela começava sem querer a pensar, o que nela era sentir.

E não se sentia cômoda. "Se eu fosse eu" provocara um constrangimento: a mentira em que se havia acomodado acabava de ser levemente locomotiva do lugar onde se acomodara. No entanto já lera biografias de pessoas que de repente passavam a ser elas mesmas e mudavam inteiramente de vida, pelo menos de vida interior. Lóri achava que se ela fosse ela, os conhecidos não a cumprimentariam na rua porque até sua fisionomia teria mudado.

"Se eu fosse eu" parecia representar o maior perigo de viver, parecia a entrada nova do desconhecido.[18]

É a este perigo que pedimos para os estudantes se lançarem. Como se eu perguntasse: "Se você fosse você, o que pensaria sobre isso tudo que ouvimos juntos nas aulas, que você produziu em pensamentos intelectuais ou poéticos, que você viveu em suas práticas?". Se joguem! E eis o abismo entre eu sinto e eu posso dizer.

Luiza Christov e Jorge Larrosa, cada um a seu modo, constantemente me lembram que o que pedimos é muito difícil. Não impossível, mas difícil. Se Larrosa fala de "ex-por", Luiza fala de "nosso pensar ganha língua no viver". Se não vou, não tenho como elaborar.

Um olhar, até mesmo apressado, sem paradas para aprofundamentos, já permite concordar com o fato de que modos de ser, de ler o mundo, de dizer, portanto de criar linguagens e línguas são gerados em territórios de vida, de experiência e encontro de corpos.

Por que então estou chamando a atenção para esse fato? Porque lido em territórios nos quais esta relação se apresenta com algumas camadas e em algumas delas podemos identificar problemas sérios para quem se aventura em escrita e em escrita associada a pesquisas.

Uma conversa inicial com estudantes que devem fazer um trabalho de conclusão de curso de graduação ou uma dissertação de mestrado e até mesmo uma tese de doutorado pode nos conduzir para perguntas como:

Posso escrever em primeira pessoa?

Como conseguirei falar de minha experiência e ser respeitado na academia? Como considerar a própria experiência e não cair em uma abordagem egocentrada?

Mas posso falar a partir de minha experiência em um texto acadêmico?[19]

Do que vale uma escrita descolada da vida?

Aluna da mesma turma de Liliana Pardini, a livreira Anna Luiza Guimarães fez do TCC uma escrita de si. Trouxe o incômodo para o título: "Mas este livro é para criança? *Rosa* e a terceira margem do livro ilustrado". Para dizer sobre seus primeiros passos sobre as tentativas de encaixar o livro para a infância e o livro ilustrado em determinações de faixa etária, usou *Rosa*,* livro de Odilon Moraes, que toca em profundas questões de paternidade, a partir de textos e imagens em

---

* Premiado no concurso João de Barros (MG), *Rosa* levou dez anos sendo projetado por Odilon Moraes e foi lançado em 2017, pela editora Olho de Vidro.

certa dissonância para falar sobre um abandono. O autor assume a referência ao texto clássico de João Guimarães Rosa, "A terceira margem do rio",* que Anna Luiza já conhecia, mas releu de outra maneira pelas mãos da editora Simone Paulino, professora da pós. Ela inicia o texto assim:

CONSIDERAÇÕES INICIAIS: NA MINHA CANOA

No dia 2 de fevereiro de 2014, meu pai caiu de uma escada e nunca mais levantou.

No dia 2 de fevereiro de 2018, eu retornava de uma aula com a professora Simone Paulino n'A Casa Tombada, em São Paulo. Naquele dia, falamos sobre o livro à época mais recente de Odilon Moraes, *Rosa*. Eu sabia muito sobre ele, mas ainda não o havia pego nas mãos. Levamos para casa a tarefa de ler o conto original de João Guimarães Rosa, que inspirou o livro, e assinalarmos as palavras que se destacassem aos nossos olhos. Eu aguardava um voo de volta para o Rio de Janeiro no aeroporto de Congonhas, quando resolvi reler o conto que desde a adolescência não revisitava.[20]

Anna Luiza, então, reproduz em uma nota de rodapé um trecho do texto em que Guimarães Rosa diz: "Nosso pai entrou na canoa e desamarrou, pelo remar. E a canoa saiu se indo — a sombra dela por igual, feito um jacaré, comprida longa. Nosso pai nunca mais voltou".[21] E continua:

Ao ler esse trecho, algo me paralisou. Meus olhos encheram de água e eu resolvi olhar o celular na tentativa de fugir daqueles sentimentos. Foi quando me dei conta da data. Completava quatro anos daquele dia em que o meu pai tinha partido para nunca mais voltar. Ele não foi em

---

* Conto que compõe a obra *Primeiras estórias*, de João Guimarães Rosa, de 1962.

uma canoa, não escolheu ir, mas, da mesma forma que o personagem de Guimarães Rosa, me deixou totalmente sem respostas.

Tomei coragem e li o conto até o fim. E essas foram as minhas palavras escolhidas: quieto, sempre, esquecer, cuidado, adeus, palavras, sombra, espaços, sina, engano, chuva, margem, teima, escuridão, luz, despertar, memória, afeto, pai, menino, abraçados, vagação, dor, todos, velho, coração, fugi, perdão, vida, mundo e morte. Ao desembarcar no Rio, procurei a livraria mais perto e peguei o livro de Odilon pela primeira vez nas mãos. *Rosa* nunca mais saiu de mim.[22]

De volta a esses registros, elaboro sobre o gesto de escrita como escolha do que e do como. *O que* eu escolho dizer e *como* eu escolho dizer. É mais forma ou mais conteúdo? Vem a mim a imagem de um fragmento do escritor Graciliano Ramos (1892-1953) que tenho grudado em uma das paredes de meu escritório:

Quem escreve deve ter todo o cuidado para a coisa não sair molhada. Quero dizer que da página que foi escrita não deve pingar nenhuma palavra, a não ser as desnecessárias. É como pano lavado que se estira no varal. Deve-se escrever da mesma maneira como as lavadeiras lá de Alagoas fazem seu ofício. Sabe como elas fazem? Elas começam com uma primeira lavada. Molham a roupa suja na beira da lagoa ou do riacho, torcem o pano, molham-no novamente, voltam a torcer. Depois colocam o anil, ensaboam, e torcem uma, duas vezes. Depois enxáguam, dão mais uma molhada, agora jogando a água com a mão. Depois batem o pano na laje ou na pedra limpa e dão mais uma torcida e mais outra, torcem até não pingar do pano uma só gota. Somente depois de feito tudo isso é que elas dependuram a roupa lavada na corda ou no varal, para secar. A palavra não foi feita para enfeitar, brilhar como ouro falso, a palavra foi feita para dizer.[23]

O texto acadêmico vive desses desvios e vontades assim como o literário. Que parte de mim ou do que eu passei, pergunta-se o estudante, escolho partilhar com esse leitor imaginário que pode acessar minhas ideias e percursos num clique do computador. Volto a Luiza Christov:

> O pensamento contemporâneo entende que conhecimentos e saberes em geral não são exclusivos do texto acadêmico, mas podemos afirmar que este gênero textual possui marcas e compromissos específicos. O texto acadêmico, ao contrário da poesia e das línguas da arte em geral, tem o compromisso da explicitação. O texto acadêmico é comprometido com a explicitação dos caminhos percorridos em uma experiência de conhecimento. Todos os textos permitem que se elabore reflexão e conhecimentos, mas o gênero acadêmico exercita esforço de explicitação para mostrar aos leitores como é possível uma investigação e para exibir uma escrita que convide ao conhecimento, para exibir uma escrita que favoreça a busca pela palavra comum, palavra projeto, palavra de criar juntos, de criar coletivamente os territórios de ocupação comum.[24]

Essa trança de gestos, caligrafias, escolhas, explicitações e pesquisa acadêmica define uma composição incondicional para a vida nesse coletivo. Não há sustentação sem essas texturas. Uma vez entrelaçados, estamos todos afetados, influenciados, referenciados, escolhidos, atravessados.

Preenchimento e contorno a um mesmo tempo. Escrever, anotar, tomar notas não apenas como uma garantia de lembrar o que ouvi em aula: mas como a própria produção de conhecimento. A escrita como o próprio conhecimento. Sendo conhecimento. Inventamos formas de explicitar as perguntas, falar sobre o que pensamos. Ou escrevemos.

DE COMO SE PEDE UMA ESCRITA

> *Um convite a buscar VESTÍGIOS, RASTROS das PEGADAS deixadas até aqui por vocês na pós e, também, um estímulo a criarem outras "materialidades" do que está por vir.*
> CAMILA FELTRE

Numa sexta-feira de março de 2022, converso com a minha orientadora do mestrado, Luiza Christov. Falávamos sobre o desafio nosso e de cada uma e cada um nas turmas de enfrentar a escrita como um direito. E do quanto nos questionamos o porquê ou se vale a pena. Entendemos como coordenação pedagógica da pós "O livro para a infância" que falamos sobre isso o tempo todo, sobre o que nos comove a escrever e como este mover-se é apossar-se desse direito. Direito de escrever o que se pensa.

Mas, muitas vezes, a comunicação não se dá por completo, por mais que a intenção exista. Por mais que no presencial ou no online promovamos situações de abertura à escuta, à exposição de formulações de pensamentos ainda inacabados, a manifestações de um corpo que pensa, quando vamos à escrita alguns velhos paradigmas aparecem. Essa escrita-estudo se interrompe, às vezes se rompe, e costurar pede pausa, pede calma, pede um olhar para os afetos. E, então, pedimos socorro, por exemplo, a um trecho conhecido de quem estuda textos do professor Jorge Larrosa. Na abertura dos livros da Coleção Educação, Experiência e Sentido, da editora Autêntica, ele e Walter Kohan, professor de filosofia da educação da UERJ, escrevem:

> A experiência, e não a verdade, é o que dá sentido à escritura. Digamos, com Foucault, que escrevemos para transformar o que sabemos e não para transmitir o já sabido. Se alguma coisa nos anima a escrever é a possibilidade de que esse ato de escritura, essa experiência em palavras, nos permita liberar-nos de certas verdades, de modo a deixarmos de ser o que somos para ser outra coisa, diferentes do que vimos sendo. Também a experiência, e não a verdade, é o que dá sentido à educação. Educamos para transformar o que sabemos, não para transmitir o já sabido. Se alguma coisa nos anima a educar é a possibilidade de que esse ato de educação, essa experiência em gestos, nos permita liberar-nos de certas verdades, de modo a deixarmos de ser o que somos para ser outra coisa, diferentes do que vimos sendo.[25]

Sempre afetada pelo que acontece em aula ou em qualquer tipo de diálogo com as turmas, não raro a avalanche de diversidades me invade com suas interpretações individuais de pensamento. Preparamos algo para o coletivo, mas quem ouve ou quem lê reage com sua própria história de vida, de luta, de preconceitos, de traumas. Muitas vezes, somente no ato da escrita isso tudo finalmente se revela. Chamo novamente Ângela Castelo Branco aqui, desta vez olhando para uma anotação minha em aula dela para a Turma VI, em novembro de 2019.

Olho para esses conflitos em meu caderno, as perguntas. Na página seguinte, encontro uma anotação de uma fala do estudante Lucas Buchile sobre uma "necessidade de escrever antes da experiência", outra luta: a ansiedade, o estar preparado, pressão particular do fazer pedagógico. Durante esta escrita, tenho outros: apresentações de TCCs acontecendo, em gerúndio, em instantes virtuais, todos exigentes de nossa atenção.

Nem sempre, claro, a reação das e dos estudantes é tranquila. Também, pudera, algumas e alguns entram em uma espécie de mar revolto de si. A emoção deságua na coordenação, e, muitas vezes, nos vemos estar entre a firmeza como uma espécie de *líder de torcida do texto acadêmico* e

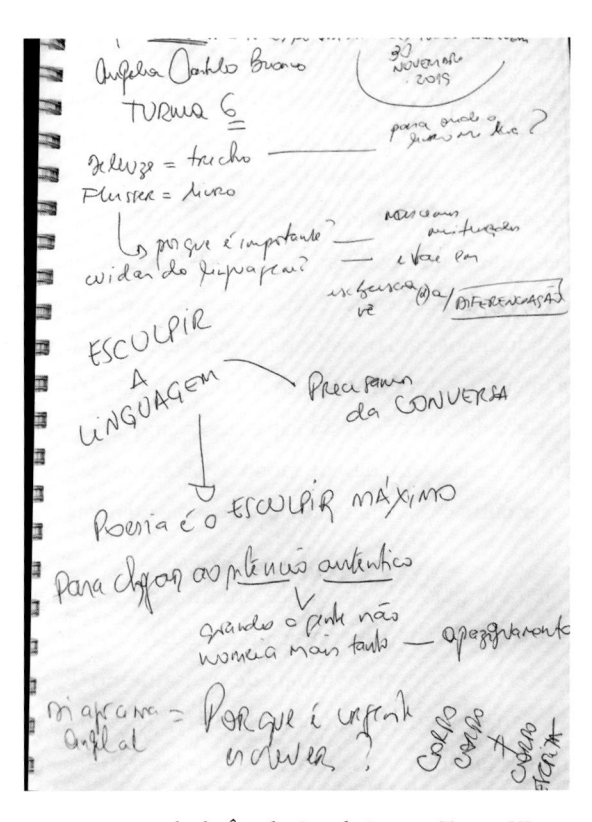

Anotações na aula da Ângela Castelo Branco, Turma VI.

o acolhimento necessário, pois, como falei, o que pedimos é imenso. Em um de meus dias de culpa por não ser a *coordenadora perfeita*, desabafo com a minha orientadora Luiza, em uma conversa no WhatsApp:

CRISTIANE ROGERIO: No fundo eu não me preparei também pra tudo isso
LUIZA CHRISTOV: No que fez muito bem hahaha
CRISTIANE ROGERIO: O quê?
LUIZA CHRISTOV: Não se preparar hahaha
LUIZA CHRISTOV: Como seria o preparo?

Olho para a pergunta dela da escrita em meu celular e me vejo na armadilha, aquela lá que citei antes: o ímpeto tolo de achar que posso me preparar para uma experiência. Julgo, então, a escrita como esse lugar tão etéreo quanto palpável. E conto em áudio a ela que me dou conta de que escrevo enquanto estou vivendo. Será que isso acontece com frequência?

LUIZA CHRISTOV: Nada comum isso de ir escrevendo a vida
CRISTIANE ROGERIO: É, né?
LUIZA CHRISTOV: A escrita vai fazendo a vida e a vida puxando a escrita
CRISTIANE ROGERIO: E olha que tô escrevendo isso
LUIZA CHRISTOV: Você só se prepara antes da experiência no mundo da solucionática
CRISTIANE ROGERIO: Sobre isso: que escrever é a própria coisa do estudo
LUIZA CHRISTOV: Uau. Escrever como estudar
CRISTIANE ROGERIO: Não escrevemos pra não perder o que aprendemos. A minha escrita e a escrita que a gente incentiva é a própria produção de conhecimento sobre o livro para a infância

Não há formas únicas, pois não há caminhos sequer parecidos. Assim como indicamos que a literatura e outras artes têm mais de um modo de interpretar, sob a coordenação pedagógica deste curso preciso abrir-me à escuta.

Mas como se pede isso às e aos estudantes?

Isso, inclusive, é próprio do tema, o livro para a infância. Por mais que se tente — seja na academia, nas escolas, nas livrarias, nas bibliotecas, nos clubes de assinatura —, não há como encaixar esse objeto-arte em definições precisas. O *corre* é oferecer um panorama desta forma artística contemporânea de expressão — sendo isso por si só uma gama de possibilidades — enquanto se baliza contexto histórico, silenciamentos, desigualdades de acesso e intenções de mercado (literário e pedagógico). Sem esquecer que estamos em um curso acadêmico, que atende certas demarcações de tempo de aula e de um total de horas de curso, pequenos outros prazos diversos, agendas individuais dos professores e convidados e imprevistos práticos. Diante de um tema como esse, também estamos nos deparando com questionamentos profundos como o nosso ideal de infância e de criança; com a forma que lidamos com as nossas memórias de leitura e escolares; com a consciência de certas particularidades das histórias de vida de cada um, em meio às restrições orçamentárias para cultura e educação — e quem estuda livro neste país tem dificuldade de encontrar acervos atualizados nas bibliotecas públicas; com conceitos específicos sobre arte; e com ideologias políticas complexas que sempre esbarram nas relações étnico-raciais históricas brasileiras.

Imaginam o transbordar? Estou eu, com um livro aberto diante de uma turma diversa em tantos sentidos sempre na expectativa do não saber. Às vezes o que vem cai em lágrimas, gargalhadas, suspiros, um aperto no braço da colega, uma câmera que se fecha de repente. Reações vivas de leitores que podem muito e que elaboram escritas em que tudo cabe.

Em 2013 eu havia deixado meu lugar de editora de educação e cultura da revista *Crescer* para me dedicar a estudar o livro para a infância — que eu ainda só chamava de "literatura infantil". Era uma virada importante em muitos sentidos para mim. Primeiro, porque isso significava seguir a maternidade com mais dedicação à minha filha ainda bebê; depois, por pela primeira vez estar em uma fase confortável da vida pessoal para fazer tal escolha e, por último, porque eu assumia a paixão por este livro que aprendi a conhecer melhor em 2005, quando entrei na revista como repórter, trajetória que retomarei os detalhes mais à frente.

Embora não soubesse nem ao menos nomear mais minha profissão — *Jornalista ainda? Pesquisadora? Mas de onde?* —, estava atenta a oportunidades na área. Foi nesse período que a Secretaria Municipal de Educação de São Paulo abriu o primeiro edital do Programa "Quem lê, sabe por quê", realizado pela Coordenação dos Centros de Educação Unificada (ceus) e Diretoria de Orientação Técnica, sob a curadoria do professor

Edmir Perrotti, da Universidade de São Paulo (USP). Segundo o edital, seriam contratados profissionais da área do livro e da leitura para serem tutores em 47 unidades dos CEUs da cidade, trabalhando com formadores de leitores locais.

Professor da Faculdade de Biblioteconomia da USP, autor, pesquisador e editor, seria um sonho trabalhar com o *professor Edmir*, que eu já havia entrevistado diversas vezes e com quem tinha amigas em comum. Sem nunca ter me preparado antes para ser compreendida em uma inscrição de um edital, aceitei o desafio com a colaboração de Giuliano Tierno. Um dos pedidos era sugerir alguma ação como atividade de relevância nos grupos de formação. Qual era minha principal atividade com os livros? Fazer resenhas.

Trocando e-mails com Giuliano, chegamos à proposta e à resenha-afetiva. Em novembro de 2013, então, encaminhei da seguinte maneira minha ideia de atividade para o programa, sem a mínima noção do que isso significaria quase dez anos depois.

PROPOSTA DE ATIVIDADE RELACIONADA À MEDIAÇÃO

Embora por meio de resenhas jornalísticas na maior parte, a minha experiência como mediadora de leitura se dá muito pelos sentidos. Quando pego um livro nas mãos, quero senti-lo na ponta dos dedos, cheirá-lo, folheá-lo com cuidado e atenção. Cada página é uma degustação lenta, porque as belezas estão nos detalhes e na pausa. Podem também se esconder nas ironias, no humor fino, na emoção da palavra ou do traço. Pode ser conhecimento e pode ser arte. Ou os dois.

Na minha proposta de provocar a paixão por uma leitura, eu apresentaria livros que surpreendessem os desavisados e encantassem ainda mais os iniciados. A literatura infantil seria meio para provocar pessoas de todas as idades. Deixar os sentidos falarem a mim e aos que trabalharem comigo, com leituras em voz alta, folheando o livro, buscando mais das ilustrações, contações de histórias a partir das obras, sabendo mais sobre o autor, trazendo o "como se faz" para perto deles e, assim, provocar em cada um sua própria paixão por ler. Sua liberdade de escolha. Sua emoção de conversar com os próprios sentimentos para, quem sabe, a leitura ser uma experiência que, parafraseando o fotógrafo Henri-Cartier Bresson, passe pelos olhos, mente e coração.

Antes, na mesma inscrição, o documento abria com uma apresentação minha, em primeira pessoa:

DE JORNALISTA-PADRÃO A "CONVIDADORA" DE LEITURA

Comecei a trabalhar no incentivo à leitura deliciosamente por acaso. Eu preenchia uma vaga temporária de repórter na revista *Crescer*, a mais importante publicação brasileira para pais de crianças pequenas. Já desde os primeiros dias me foi passada uma incumbência: resenhar livros infantis. E foi assim que começou o meu caminho de especialização nesta área, de aprendizado e paixão.

Nos oito anos que trabalhei na revista (cinco anos como editora de educação e cultura), fiz mais de 1500 indicações de livros, dezenas de entrevistas com autores e especialistas, além de coordenar um trabalho que virou uma referência para os leitores e também para o mercado editorial: a Lista dos 30 Melhores Infantis do Ano. Todos os anos, além das resenhas mensais da edição impressa e mais extras que iam para o site da revista, eu coordenava esta lista que se tornou um prêmio e uma linda festa para comemorar as boas produções em literatura infantil. Entendo que, assim, realizei um trabalho de mediação de leitura não presencial, mas também com muita ênfase, entrando na casa das famílias e inspirando educadores a sempre, sempre querer mais de um livro para uma criança. Nestes anos foram inúmeros contatos de leitores com relatos de encantamento por livros sugeridos por mim. Uma troca fundamental para eu querer compartilhar ainda mais.

Foi assim, lidando dia a dia com pais-leitores, aprendendo demais a cada leitura e a cada entrevista, que fui me dedicando ainda mais à área. Em 2011, concluí a pós-graduação *lato sensu* "A arte de contar histórias", em São Paulo (parceria do Sieeesp com a Faculdade do Litoral Paranaense — ISEPE Guaratuba), e, em 2012, o curso "A imagem narrativa e a ilustração de livros", com os ilustradores Odilon Moraes e Fernando Vilela.

Após este período, desejei sair do meu trabalho de jornalismo em redações para viver experiências de compartilhar e divulgar leituras. E, por que não?, mediar leituras. Por isso, quando fiquei sabendo do projeto "Quem lê, sabe por quê", fiquei encantada com a ideia de uma cidade-leitora, de atingir não somente a escola, mas a comunidade, a família. É nisso que acredito. E, a coincidência mais feliz: o professor Edmir Perrotti foi a primeira pessoa que entrevistei em uma reportagem sobre leitura. Um ciclo que recomeça e que eu só quero aprender ainda mais.

Agora me surpreendo um tanto com meu *currículo-vida* que eu quis expor naquele momento, e me dou conta de que havia esquecido completamente desta escrita-definição do exercício, que acabei não realizando com esses educadores que me ensinaram imensidões do chão de escola e da biblioteca pública. A tarefa só começou mesmo a fazer parte da minha existência como educadora na Turma VI do curso que menciono na autobiografia breve, o "A arte de contar histórias". Depois de ter feito parte como aluna da primeira turma desta pós-graduação, idealizada também por Giuliano Tierno, entrei para o corpo docente do curso com a missão de falar sobre esse livro que eu havia aprendido na *Crescer*, sobre os bastidores que acompanhei, sobre o que se falava antes e agora do valor desses livros como direito da criança desde bebê. Depois dos encontros, eu pedia a tal da "resenha-afetiva", o que causava desconforto em alguns, ansiedade em outros: primeiro por ter que escolher um livro para falar só sobre ele e, depois, as dúvidas sobre o como escrever. Lembro de uma aluna que me perguntou: "Mas e se eu acho o livro fofo, eu digo que ele é fofo?". Tive o ímpeto de responder na hora, em meio a muitos risos: "Se você me convencer na escrita sobre isso, pode!".

Da Turma i à Turma v da pós "O livro para a infância", eu pedia o exercício na disciplina que ministrava chamada: "Uma história do livro para a infância no Brasil"; na qual eu organizava um recorte dos marcos na produção brasileira, os principais autores e a chegada das discussões do que passamos a chamar como "livro ilustrado", os avanços do pensamento do projeto gráfico, as políticas públicas e movimentação de mercado, claro, lendo muitos e muitos livros. Levava uma mala laranja repleta deles — um custo para tirar e colocar de volta no porta-malas do carro — e quase sempre não chegava a apresentar nem metade. Mas na Turma vi senti a necessidade de sistematizar o pedido, partindo não mais para apenas a explanação oral da proposta, mas também criei um documento em que expunha não só requisitos, mas também um tanto do porquê de tudo aquilo. Por trás, claro, estava a *minha escrita de si,* as razões de estarmos todos ali naquele momento. Seguiu assim:

CRIAÇÃO

CIRCULAÇÃO

MEDIAÇÃO

de livros, de afetos, de pessoas. Estes são os pilares do que podemos dizer sobre "relações com o livro"; e que nós da coordenação procuramos alinhavar, cruzar, contrapor, abrir, questionar, encontrar rumos (embora não receitas prontas) em processos contemporâneos individuais e coletivos.

Esta é a nossa pós "O livro para a infância: processos contemporâneos de criação, circulação e mediação".

Todos os encontros em nosso curso vão, de maneiras diferentes, passar por estes três aspectos. Somos nós, a partir de nossas vivências dentro e fora d'A Casa Tombada, que iremos criar esta rede de ideias e possibilidades. Uma costura feita de modo particular a partir do coletivo. O exercício que chamo de resenha-afetiva é um convite para que, na escrita, a gente identifique e reconheça estas questões.

1. escolha um livro do segmento que podemos chamar de "livro para a infância" publicado no Brasil* que seja fundamental para você. O livro que você "salvaria do incêndio. (criação, circulação)
2. com base no que já vimos juntos nos encontros, elabore um texto apresentando o livro. (mediação)
3. no texto deve conter informações básicas: nome completo dos autores, editora, ano de edição. (criação, circulação, mediação)
4. no texto peço que tenha as evidências do afeto: de como o livro afeta ou afetou você, da sua relação afetiva com o livro. (criação, circulação, mediação)
5. no texto deve conter a sinopse: ou seja, temos que entender do que se trata o livro mesmo que não o conheçamos. (mediação)
6. no texto pode conter informações sobre o livro que fortaleçam sua escolha — prêmios, reconhecimento do autor, contexto histórico.

---

* Em determinadas situações ainda saliento "livros de autores brasileiros", dependendo do conteúdo da aula ou fluxo da pós.

7. o texto não deve ser muito longo — vamos todos ler em voz alta, com calma, para degustarmos, juntos, as nossas escolhas e (nos) entendermos sobre elas e a partir delas. (mediação)

Nessa mesma Turma VI incorporamos a disciplina que eu havia dividido como um módulo separado, ao que começamos a chamar de "Encontros com a coordenação", que aconteciam às vezes pouco antes da aula com um professor ou convidado, ou períodos inteiros. Até hoje, em determinado momento do percurso da turma, faço o convite para que, depois de certa expansão reflexiva e histórica com as aulas, que se voltem para o leitor que são, para a paixão que os levou até o curso. Nos mais variados formatos de encontro que já vivemos — das turmas bem pequenas às maiores e via Zoom — sempre encontro um jeito para que os estudantes compartilhem seus textos e, por consequência, indiquem o livro favorito. Desses encontros, recolho muita cumplicidade, certas coincidências, identificações, choros, partilhas inesquecíveis. Se no presencial e com mais tempo de aula conseguiam ler os textos completos ali à distância de uma cadeira, para o virtual inventei uma dinâmica que se realizou de modo incrível: dias antes do encontro, peço que cada uma e cada um escolha um trecho da resenha — não do livro, mas da resenha escrita por eles. No momento solicito que todos nós fechemos as câmeras, organizamos uma ordem e então cada um deles lê seus fragmentos de si, um atrás do outro. Acontece uma colcha de vozes e entonações diversas em que tantos parecem apenas um. Só após essas partilhas é que eu leio cada texto minuciosamente e faço uma devolutiva para cada aluna e aluno, sugerindo pontos relacionados com o que foi pedido, e apontando questões de revisão, se necessário. Alguns exibem, às vezes sem perceber, certa resistência a se abrir à escrita: elogiam e valorizam a obra e fornecem as informações completas, mas não expõem como os afetou. Isso eu pontuo e converso quanto o estudante desejar. Alguns inventam razões e nem fazem, mas são poucos. Para a turma individual e coletivamente, algo especial muda.

As turmas gostam de brincar com a primeira tarefa, a escolha do livro, narram os sofrimentos e os caminhos da seleção. O designer Thiago Lyra me surpreendeu na primeira linha de sua resenha-afetiva sobre o livro *Mania de explicação*, de Adriana Falcão e Mariana Massarani.

Como se explica um sentimento?
Por Thiago Lyra

"Resenha é quando um texto tem a pretensão de ser a explicação de outro." A frase não faz parte do livro *Mania de explicação*, de Adriana Falcão, mas talvez poderia se me fosse permitida tal ousadia. No entanto, como "explicação é uma frase que se acha mais importante do que a palavra" – esse sim, um enunciado da autora – alerto que, antes de avançar nesta leitura, tenha em mente que texto algum poderia melhor apresentar a importância desta obra que senão a própria experiência de fruir e viajar nas definições poéticas ao longo de suas 48 páginas belamente ilustradas.

A personagem central, uma menina curiosamente sem nome e, por assim dizer, de início "indefinida", nos conduz por profundas reflexões filosóficas ao nos encadear suas simplificações de conceitos e sentimentos que rodeiam seu mundo. Tomados pela mão e pela palavra, aprendemos, por exemplo, que "gostar é quando acontece uma festa de aniversário no seu peito", assim como o que quer dizer vontade, lembrança, intuição, angústia, felicidade e tantos outros conceitos abstratos, por meio de seu olhar. Termo a termo, vamos nos deparando com um belo dicionário poético nas mãos. E não demora muito para entendermos que a interpretação dos verbetes é, na verdade, um presente da autora à medida que conhecemos o mundo da menina e também a extensão da nossa própria alma.

O subjetivo ganha nome. O nome ganha simplicidade. As páginas trazem o risco de ler ali, escrito e descrito, aquilo que tínhamos dentro da gente e nem sabíamos denominar. O mesmo risco de olhar pra dentro e dar-se conta em perceber mapeado um glossário de sentimentos e sensações íntimas. Adriana escreve para os pequenos de idade, mas também para as crianças que cresceram e complicaram o mundo e a definição das coisas dentro de nós, homens e mulheres-feitas.

Consagrada como roteirista em produções para cinema e TV bem conhecidas do público brasileiro – como *A grande família* e *O auto da Compadecida* (Rede Globo) –, a carioca Adriana Falcão é também teatróloga e escritora, com cerca de dezessete livros publicados. *Mania de explicação* foi seu livro de estreia em literatura para a infância em 2001, pela editora Salamandra (Moderna). E que estreia! A obra arrebatou em 2002 o Prêmio FNLIJ – O melhor para a criança, na categoria Criança. Naquele ano, esteve ladeada de célebres nomes da literatura infantil e livro ilustrado, como Roger Mello, Juarez Machado, Marilda Castanha, Sylvia Orthof e Marina Colasanti. Em 2014, junto com Luiz Estellita Lins, a obra gerou um segundo livro, desta vez um roteiro para uma peça de seis atos, que logo ganhou palco em lançamento no mesmo ano, em São Paulo.

Mas se "sucesso é quando você faz o que sabe fazer só que todo mundo percebe", é nas tintas de Mariana Massarani que alcançamos a sutil dimensão maior do encanto desta obra. Vastamente premiada na área de livros ilustrados, a ilustradora conquistou várias vezes os prêmios Altamente Recomendado e O Melhor para Criança (da Fundação Nacional do Livro Infantil e Juvenil). Também recebeu o Prêmio Jabuti em várias oportunidades, além do selo White Ravens. E, claro, o Prêmio FNLIJ, também por *Mania de explicação*, onde seus riscos e acrílicas dão formas criativas e surreais a definições inspiradoras.

Questionar tem papel fundamental no desenvolvimento das crianças, aumentando o vocabulário e desenvolvendo novas percepções da realidade. E a mensagem que a linguagem de *Mania de explicação* compartilha conosco promete, sutilmente, esclarecer muitas dessas dúvidas. Para além disso, desvenda aquelas mais internas, que moram em nossos sentimentos – dos angustiantes aos mais sublimes! E passamos a compreender que "sentimento é a língua que o coração usa quando precisa mandar algum recado".*

Thiago escolhe um clássico, como se vê, um livro muito conhecido, sucesso de público e crítica. Se apropriou da forma de escrita do livro para brincar com o exercício proposto, expôs opiniões e realizou um dos textos mais completos sobre essa obra que já vi.

Há textos com profunda carga emocional, de um modo diferente deste anterior, muitas vezes influenciados, claro, pelo próprio livro escolhido. Este de Carol Fernandes, pedagoga e jovem autora de livros para a infância, é dos exemplos do que a resenha-afetiva das alunas e alunos causa em mim. Vamos a ele e comento mais em seguida:

---

* Todos os textos de resenhas estão revisados, e com os estudantes citados. Estão em cor diferenciada para que tenham um papel também de ilustração.

Nossos passos vêm de longe:
oralitura negro-brasileira e africana
Por Carol Fernandes

"Exu matou um pássaro ontem, com uma pedra que só jogou hoje", ditado Iorubá.

"Nossos passos vêm de longe!" Nem sempre tive a dimensão do que esta frase representa para tantos e tantas que, assim como eu, não caminham só. Em 2011 passei pela experiência mais transformadora de minha vida: ingressei na graduação de Pedagogia da Faculdade de Educação da Universidade Federal de Minas Gerais. Ainda sem compreender muito bem do que se tratava a tal pedagogia e de como seria aquela travessia que duraria quatro anos e meio, me vi perdida e avulsa ao universo de possibilidades que somente anos mais tarde eu as tomaria como minhas por direito.

Me aproximei de debates relativos aos processos de ensino e aprendizagens, movimentos sociais, relações étnico-raciais, linguagens e infâncias, entre muitas outras abordagens e temáticas que transformaram não somente a forma como olho para as pessoas e suas jornadas, mas, também, a maneira como passei a me enxergar e a perceber a história das populações negras diaspóricas. Foi um verdadeiro e contundente deslocamento de olhar.

Nos espaços tempos que ocupei, ao lado de colegas, crianças, docentes, pesquisas, livros, literaturas e militâncias, me afirmaria como promotora da literatura negro-brasileira e africana. Nesse contexto, em 2013, me encontrei *com Omo-oba – Histórias de princesas*, um livro que reúne pequenos contos da tradição Iorubá, adaptados para as infâncias, tecido em palavras por Kiusam de Oliveira, narrado com imagens por Josias Marinho e respeitosamente acolhido e publicado em 2009 pela Mazza Edições.

Um encontro promovido não pelo acaso, mas como consequência deste grande movimento de recriação e reflexão ética e estética que começou na geografia do meu corpo e identidade enquanto uma mulher negra brasileira e transbordou para minhas relações, olhares, práticas e percepções como uma docente comprometida com a formação de leitores de palavras, imagens, filosofias, culturas, pessoas e natureza.

Omo-oba – Histórias de princesas, registra, com a intenção de integrar um sistema contínuo de transmissão de saberes e conhecimentos, histórias pertencentes à cosmologia iorubá, protagonizadas por orixás femininas. Nas palavras de Kiusam de Oliveira, são "histórias que mostram como princesas se tornaram, mais tarde, rainhas". De forma lúdica e poética, os autores das palavras e imagens desta obra destacam a importância das linhagens femininas na cultura iorubana em representações que evocam a infância dessas personagens. Ao retratá-las assim, os autores dialogam com as infâncias de milhares de meninas e meninos que poderão rir, se emocionar, sentir medo ou tensão pelas experiências vivenciadas por cada uma das erezinhas princesas orixás.

A edição nos convoca a um mergulho em nossas origens matrilineares, pois ao olharmos também através do espelho de Oxum, nos perceberemos pertencentes a um cíclico, coletivo e ininterrupto processo de construção identitária.

As histórias transmitidas por meio da tradição oral, contadas e recontadas com a insistência e resistência organizada do Movimento Negro Unificado, sobretudo dos terreiros de candomblé, exercem atuação fundamental no processo de manutenção das tradições afro-brasileiras e no combate aos atentados epistemicidas, intencionalmente promovidos pelo racismo estrutural. Por meio delas, temos a oportunidade de nos aproximarmos e compreendermos parte fundamental de uma das filosofias que orientaram, pavimentaram e demarcam crenças, hábitos, manifestações e comportamentos culturais da população brasileira.

O livro *Omo-oba — Histórias de princesas* é capaz de provocar, quando mediamos distanciados do impregnante racismo religioso, diálogos necessários sobre a forma como nos integramos à natureza, seus elementos e como somos, antes de tudo, seres coletivos. Assim, Exu que nos acerta ontem com pedras, gritos e sopros lançados no hoje, se emocionaria com a criança, recém apresentada a Iansã, bradar ao ver e sentir a chuva se anunciando: EPARREY OYÁ.

Que desassossego é trazer as questões étnico-raciais para as discussões no livro para a infância. Tanto como literatura quanto como teoria.

Falar sobre é assumir não apenas a própria branquitude e o racismo, mas também encontrar em quem admiramos falhas insuportáveis. O exemplo mais emblemático é o escritor Monteiro Lobato, à proporção de como ele se colocou — ou é colocado — em uma linha do tempo do livro para a infância no Brasil.

Falar de Lobato é falar sobre uma quebra de paradigmas na forma como se reportar ao leitor-criança, isso na década de 1920. Lobato também provocou importantes mudanças sobre tradução dos chamados "clássicos da literatura infantojuvenil" e mexeu com a ideia de circulação e mercado de livros. *A menina do nariz arrebitado*, livro de estreia para crianças, já saiu com tiragem de 60 mil exemplares (registro de gráfica). Mais para a frente, emplacou mais 30 mil exemplares na conta do governo do estado de São Paulo.[26] Mas é nesse livro que, na primeira página, Lobato apresenta uma adorável Tia Nastácia como "preta de estimação". Já de início. No decorrer das obras voltadas às crianças, a escrita do autor e empreendedor de Taubaté comete mais delírios racistas. Um homem de seu tempo? Certamente. Mas cartas atribuídas a ele sobre sua participação ou apoio a um projeto de uma sociedade eugenista no começo do século XX não nos permite relevar.

Quando comecei esta trajetória de educadora no tema livros e infância, jornalista que sou, uma das primeiras coisas que criei foi uma linha do tempo: pontuar os marcos com a ideia de sugerir conversas sobre os caminhos que nos levaram a ter esses livros que vemos nas nossas prateleiras. Nas turmas I e II eu dedicava uma aula inteira a ler e falar sobre Lobato. Já contei aqui sobre a diversidade das estudantes, e tínhamos pessoas no grupo — isso se estende até hoje — que nunca leram Lobato. As razões não são por proteção na maioria, mas por falta de acesso, uma vez que a obra dele ficou por décadas envolvida em questões de direitos autorais. Quem tinha Lobato em casa ou na escola — "a coleção toda!" — era quem poderia entender as asneiras da boneca Emília para além das adaptações para a televisão. Pois bem, eu pensava o seguinte: se estamos numa especialização sobre livro para a infância e se estamos no Brasil, precisamos "sair daqui" discutindo Lobato, entender o que era antes dele, o que veio depois. Olhar para a obra de autores como Ruth Rocha, Ana Maria Machado e Pedro Bandeira, que sempre referenciavam as aventuras do Sítio do Picapau Amarelo lidas na infância.

Desde sempre eu abria ali as denúncias de racismo à obra de Monteiro Lobato. Líamos artigos, indicávamos livros. Mas se pesarmos em uma balança, é claro que eu pontuava muito mais as mudanças que ele teria provocado e por isso ser chamado de "o pai da literatura infantil moderna no Brasil".

Das discussões sobre a relevância de Monteiro Lobato hoje numa sociedade com oportunidades e informações disponíveis para sacar a lupa antirracista para obras e comportamentos, destaco aqui um trecho de artigo da pesquisadora e autora Heloisa Pires Lima para a *Revista Emília*, intitulado "Quando a afro-bibliodiversidade Lê Monteiro Lobato":

> Desde os idos de 1988, marco dos cem anos da abolição, personagens negros que abastecem o repertório lobatiano são alvos de críticas e análises na área de teoria literária e por parte de ensaístas. Marisa Lajolo recuperou certo histórico ao dar, naquele ano, seu passo nessa direção. O reparo espelhava os bons tempos em que relacionar literatura e sociedade, história e literatura, literatura e política e similares binômios, amparava os pareceristas da área. Afinal Nastácia, uma idosa negra de estimação, a cuidar do bem-estar de uma família branca, ofertava um argumento cultural para exame. Sem a pretensão de esgotar as possibilidades de leitura da obra de M. Lobato, André Luiz Vieira de Campos[27] interpretou o Sítio como metáfora de uma república comandada por mulheres. Nastácia e Benta representariam, respectivamente, o saber popular e o erudito. A reputação da segunda, todavia, é galgada na desqualificação da primeira. Da mesma forma, a idosa branca ocupa o lugar de respeito, em contraste com a idosa negra, para quem são dirigidos os desrespeitos, xingamentos, insistentes desprezos saídos da boca dos personagens. Sendo assim, o conjunto, as figuras em cena perdem o isolamento, formando a *gestalt* acerca dos modelos de humanidade grego ou negro que ali circulam. *Status* de humanidade que Nastácia perde em trechos como aquele em que suas atitudes aparecem associadas a trejeitos de uma macaca.[28]

Convidada a refletir sobre o momento que precedia a entrada da obra de Lobato em domínio público em 1º de janeiro de 2019, a antropóloga, então, no mesmo artigo me dá a pensar que Lobato e outros estão no âmbito da escolha do que e do como:

Convenhamos que totalizar a proativa biobibliografia de M. Lobato por um aspecto nela detectado é tão perturbador quanto jogá-lo para debaixo do tapete. Provavelmente censurando a leitura desse aspecto ou tornando glamourosa outras facetas como é o costume, por aqui. No entanto, o racismo continuará naquele sistema de pensamento. E como venho advogando, *"embora algumas teorias racistas tenham sido banidas do mundo adulto e refutadas por acadêmicos maduros, veja que podem adquirir, nos aparentemente ingênuos formatos de livro infantis, canais para fixar preconceitos, estimular estereotipias e evocar atitudes discriminatórias"*.[29] [...]

Sobretudo, reaplicá-las na euforia do mercado para os setenta anos da morte do autor que, completados em 2019, receberam a categoria domínio público. Uma coisa é liberar juridicamente a comercialização sem direitos autorais para os herdeiros de M. Lobato. Outra são os direitos de cidadania das famílias negras. Portanto, cara pálida, não tenha medo de nenhuma leitura da obra.[30]

Você que me lê deve estar se perguntando: mas por que ela está aqui colocando tantos parágrafos sobre este assunto? Carol Fernandes só chega a este curso se sentindo acolhida também como mulher negra, e se coloca dessa maneira em sua resenha-afetiva depois de muitos tropeços nossos nesses estudos. Heloisa, Kiusam, Carol Fernandes... este movimento é de muitas, muitos — "nossos passos vêm de longe", Carol nos pontua no seu texto, em referência à clássica frase de Jurema Werneck, atual diretora-executiva da Anistia Internacional.

Começando pelos avanços, é impossível abordar esse tópico sem citar a já clássica frase de Jurema Werneck, atual diretora-executiva da Anistia Internacional no Brasil: "Nossos passos vêm de longe". A existência de associações negras compostas unicamente de mulheres ou sua participação ativa em organizações em prol da justiça racial são de longa data. Entretanto, desde o início dos anos 80, há um crescimento contínuo e um fortalecimento do ativismo das mulheres negras que contribuíram de forma crucial para ampliar sua visibilidade no debate público, na pauta das agendas socioeconômica e política. É digno de nota que, em menos de um ano, foram lançadas obras de Lélia Gonzalez, Beatriz Nascimento, a biografia de Sueli Carneiro. Djamila Ribeiro ganhou o prêmio Jabuti com um livro que já vendeu mais de 300 mil exemplares. Somam-se a esse feito as traduções para o português de autoras negras consagradas como Ângela Davis e Patrícia Hill Collins, bell hooks, Audre Lorde, dentre outras, demonstrando o crescimento do mercado editorial para o pensamento feminista negro.[31]

Recomendo muito o artigo de Márcia Lima,* publicado na edição brasileira de *El País*, que cumpre uma efeméride — o dia 25 de julho é o Dia Nacional de Tereza de Benguela e da Mulher Negra —,** e que amplia para muitos estudos. Exemplifica minha forma meio caótica de pesquisa e por consequência na escrita, em que uma coisa vira nota de rodapé da outra, que vira título, destaque, frase principal etc. Não é friamente calculado mesmo. São os fios se emaranhando e, também, somos nós, estudiosos acolhidos n'A Casa Tombada, que estamos mexendo neles, esticando aqui, desenrolando ali, identificando suas próprias texturas (subjetividades?) e promovendo novas costuras (debates?) próprias de uma oportunidade de se conhecer em companhia. Entre os desafios de narrar esta especialização, como eu já disse, está o fazer parte do que narro e o narrar algo que ainda está caminhando. Um curso acadêmico em incer-

---

* Márcia Lima é professora do Departamento de Sociologia da USP e pesquisadora sênior do Centro Brasileiro de Análise e Planejamento (Cebrap), onde coordena o Afro-Núcleo de Pesquisa e Formação em Raça, Gênero e Justiça Racial.
** No Brasil, em 2014, a então presidente Dilma Rousseff sancionou a Lei n. 12.987.

tezas. Abrir cada encontro e dizer "boa noite" ou "bom dia" sem saber se vamos terminar em pé. O direito a ser tombado pela voz do outro: como se garante?

Em 18 de abril de 2022 acordei com um incômodo, digamos, avançado, em relação à mesma data em anos anteriores. Por conta da Lei no 10.402, de 2002, é o Dia Nacional do Livro Infantil, escolhido para homenagear justamente Monteiro Lobato, que nasceu no mesmo dia em 1882. Na minha trajetória perto do assunto eu já comemorei com efusividade, já fiz listas informativas, debates sobre a retomada da obra de Lobato. Nos últimos anos e com a expansão da reflexão, parti para a covardia de ignorar a data. Em 2021, escrevi a mão uma espécie de lamento e postei como foto no meu perfil do Instagram:

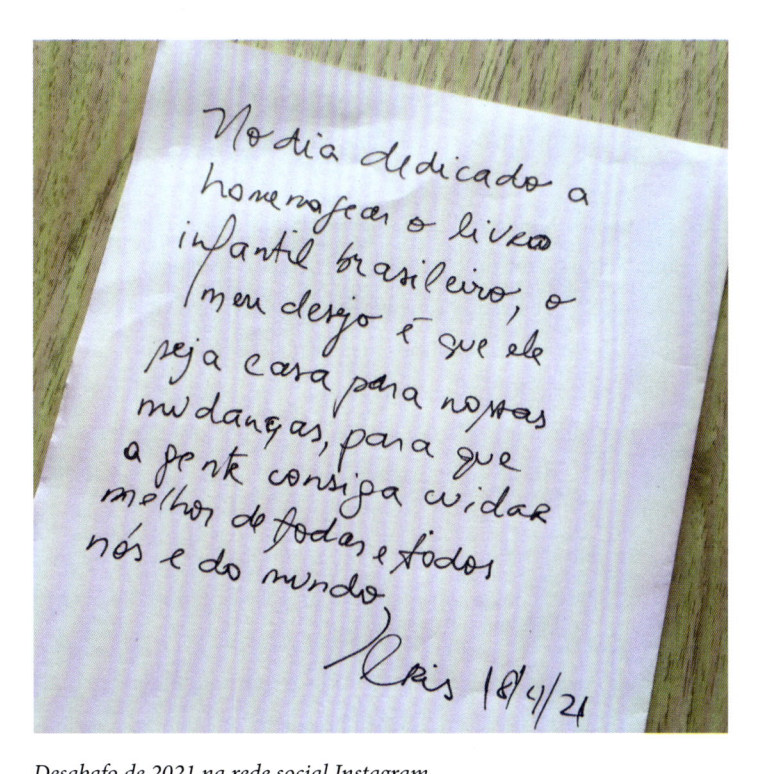

Desabafo de 2021 na rede social Instagram

Em 2022 eu precisava fazer algo diferente. Meus estudos haviam avançado em compreensão e argumentos; eu tinha novas companhias e havia assumido finalmente para mim que acreditava no lugar que convidava as pessoas a ficar: o do estudo para ampliar o debate. Depois de olhar algumas postagens e ver ali o que eu já fizera antes — 'bora comemorar, pena que é o dia do aniversário de Lobato, mas fazer o quê? —, textos completamente amorosos e pró-Lobato, sua existência e a data comemorativa em sua homenagem, senti que precisava escrever algo novamente. Mas queria companhia.

Em nosso grupo de WhatsApp em que pesquisamos e elaboramos diversos pensares, preparamos um texto a três: Ananda Luz, Camila Feltre e eu. Publicamos na conta no Instagram que criei em 2019 com Camila Feltre, @livroparaainfancia, que há meses tem a presença de Ananda também, nossa hoje assessora para assuntos de diversidade na pós. Quem viu? Quem irá ver? Tudo não dá para saber, mas inscrevemos e essa elaboração junta foi uma experiência incrível de parceria.

> Falar sobre Monteiro Lobato para quem estuda as relações entre literatura, leitura, educação e infância nem sempre é simples. Hoje, aniversário dele e, em sua homenagem, Dia Nacional do Livro Infantil, é quando menos conseguimos escapar da conversa. Conversa. Tem sido difícil colocar-se em diálogo, mas aqui nos nossos estudos, muitos deles impulsionados pelo dia a dia da nossa pós-graduação O @livroparaainfancia n @acasatombada, o exercício é diário! E nos fortalecemos unindo na discussão informação, contexto histórico e repertórios diversos que nos fazem olhar para a sua produção com outras lentes, outras percepções... outras cosmopercepções. E por que tudo isso?
>
> Porque, sim, Lobato não apenas escreveu passagens "hoje" consideradas racistas em seus livros famosos que [ainda] são referência para uma moderna literatura infantil brasileira. Sua concepção para a criação da história do imaginado Sítio do Picapau Amarelo e personagens

simplesmente jamais levou em consideração uma criança que não fosse a criança branca com oportunidade de estar na escola. Os limites do autor para tomar esta posição? Sua intensa relação com o pensamento eugenista no início do século XX, justamente quando ele cresceu como escritor e empreendedor no mercado editorial, principalmente na parte que atuava especificamente nas vendas em escolas. As inovações lobatianas são reais e importantes de serem estudadas, porém não devemos esquecer [nunca] de que confabulavam com suas crenças. (Por que ele ainda é tão forte se, principalmente nos últimos anos, ampliaram-se ainda mais as reflexões sobre as barbáries que envolvem as questões étnico-raciais no Brasil? Porque sua forma de supor uma criança questionadora, atuante, digna de falar sobre todos os assuntos (guerra inclusive) nos envolve ainda hoje quando sabemos o quanto ainda se diminui a capacidade de interpretação e reflexão da leitora e do leitor na infância.

Para nós, então, é sempre tempo de falar sobre Lobato, discutir todo o possível, ampliar o repertório e agigantar o debate. Acessar outros livros que deve(riam) estar na linha do tempo da história da literatura infantil no Brasil. Conhecer autoras/es que estão invisibilizados e, principalmente, permitir que as crianças sonhem com outras personagens no dia 18 de abril e em todos os outros. Por que não? Convidamos à reflexão conjunta, que ultrapasse nossos mundos e ouça outros.

Por Ananda Luz, Camila Feltre e Cristiane Rogerio (2022)

Sinto como se tivéssemos dado um grande passo juntas. Um transbordamento, um tombar-se a nós próprias. A história que une Camila, Ananda e eu tem a ver com esse passo em busca de uma cura: fazer hoje o que não havíamos ainda feito. Ananda entrou na Turma VII já mestre em Ensino e Relações Étnico-Raciais (PPGER-UFSB) e se tornou doutoranda, durante o curso, em Difusão do Conhecimento (DMMDC/PPGDC), na qual pesquisa infância, mais especificamente a vida das famílias que vivem em beiras de estradas. Com a negritude honrada no corpo e nas referências intelectuais e culturais, pedagoga carioca dedicada na periferia do Rio de Janeiro, hoje moradora do Recôncavo Baiano, com a pós "O livro para a infância" vem conectando cada vez mais seus estudos, ampliando para as complexas questões da ilustração (inclusive direitos e visibilidade dos autores negros). Em 2022, foi convidada para ser assessora de assuntos sobre diversidade na pós, além de colaborar também com outros assuntos n'A Casa. Conosco, no entanto, o dizer e o pensar é diário na troca de mensagens, quando partilhamos nossos específicos — eu, Camila e ela — em direção a um todo, sob a perspectiva da ética e da busca da palavra comum. Planos para o futuro não nos faltam.

Camila Feltre, aliás, se torna uma grande companheira na minha coordenação justamente também por pedir um exercício que se tornou crucial no percurso das turmas: a escrita de uma carta. Mas não é qualquer carta e, sim, uma carta que a ou o estudante é convidado a narrar o processo de criação e de produção de um "livro" que ela propõe em suas aulas. A oficina de criação em si já causa certa consciência corporal daqueles pesquisadores em relação às materialidades do livro e, independentemente da ocupação ou trajetória da aluna ou do aluno, é um marco na história de cada um.* Todos aceitam seu convite, que é um pouco no susto, a partir de materiais pedidos, e se desenvolve de maneira sempre incrível de se assistir.

Ao final de um período estabelecido para a conclusão dessa "vontade-livro" (isto varia conforme a turma), Camila pede a carta e solicita que cada um conte como foi viver aquilo, o que experimentou, o que foi novo, o que foi simples, o que foi difícil, o que percebeu de si. Com

---

* Camila Feltre fez doutorado especificamente a respeito dessas ações: *Processo de criação de livros como travessia/transformação; encontrando narrativas de si*. São Paulo: Instituto de Artes da Unesp, 2023.

o tempo, fui notando como esse momento era um primeiro vestígio (para usar uma palavra que ela ama muito) do que poderia ser o convite para olhar o próprio percurso e dizer algo, escolher escrever algo, exatamente o que esperamos de uma TCC. É também por isso que convidei Camila para ser minha parceira na coordenação e vida da pós e, assim, a carta para ela fica sendo uma espécie de irmã da resenha-afetiva, como esses entrelaçados de tentativas de cada uma e cada um se ver nesse imenso processo de pesquisa.

A Turma VI foi a primeira em que começamos a sistematizar o que desejamos para o TCC (ainda estamos caminhando, a explicitação do pedido da coordenação ainda pode ser melhor). Decidimos então enviar um e-mail carta às e aos estudantes, que dizia assim:

São Paulo, 17 de junho de 2020

> "Toda aula é um convite ao nó. Reatar o que estava demasiadamente frouxo em nós", Angela Castelo Branco

CAROS ESTUDANTES DA TURMA 6,

Esperamos encontrá-los bem, mesmo diante de tantos desafios. Quem imaginaria um curso de pós-graduação com tantas emoções, não?

Uma experiência. Em noss'A Casa Tombada.

Esta é uma carta convite para que vocês iniciem ***O LIVRO-PERCURSO: OLHANDO PELO RETROVISOR***

O que seria? Um convite a "estar" no passado, presente e futuro. Vocês estão convidados a criarem um livropercurso de si mesmos, na pós O LIVRO PARA A INFÂNCIA. O formato é livre.

Pensamos que neste livro (uma caixa? uma gaveta? um cesto? um baú? uma mala? um pote?) seriam registradas e guardadas anotações...

Dos cadernos
Dos cafés
Dos celulares
Dos bordados
Dos desenhos
Das alegrias
Dos almoços
Das infâncias
Das dificuldades
Das esperas
Dos livros
Das dúvidas
Dos futuros
Das janelas
Das contingências

Um convite a buscar VESTÍGIOS, RASTROS das PEGADAS deixadas até aqui por vocês na pós e, também, um estímulo a criarem outras "materialidades" do que está por vir.

É possível pensar um livro – comum formato a se inventar – que contaria sobre um percurso, ou vários, traçados durante um curso de pós-graduação? A forma também é conteúdo. Então, como você vai (nos) contar esta história? O que virá de aprendizado com tudo isso?

Será que se evidencia um tema para nosso projeto de TCC?

O que os afetou? Quais foram os incômodos? As descobertas, as perguntas, reflexões, paixões?

O NARRAR-SE.

DOS PENSAMENTOS DE (EM) NÓS, inspirações

Entrenotas: compreensões de pesquisa, de Cássio Viana Hissa, segundo, o prefácio de Mariângela Paraizo: "São textos breves e incisivos, com **todo o rigor da ciência e da poesia**".
O autor é professor da Universidade Federal de Minas Gerais e nos aponta uma série de reflexões sobre a pesquisa acadêmica:
"A pesquisa é **compartilhamento**."
"Aprende-se, ao fazer, **com o outro**."
"Antes de tudo, a arte de viver é a de absorver sabedorias, com a paciência do artesão, no *tempo do cultivar*, no **tempo lento do bordar compreensões**, no tempo lento de quem espera e, simultaneamente, na rotina de quem fabrica a utopia da presença do mundo em nós e de nós em cada um. É arte de cultivar o ser. É arte de se abrir e de se educar para as possibilidades, todas, ele **diálogo**. É a arte de valorizar a vida a partir de valores que negam aqueles que fazem com que a vida se esvaia.

"A **experimentação** do mundo precede a razão."

"Ser afetado pelo mundo, portanto, é pressuposto da **construção** do pensamento."

"**Como é que se aprende a fazer enquanto se faz?** Como aprender *modos de fazer*? Isso não se ensina, mas se aprende. De onde são originárias as metodologias? Poderíamos dar início à construção de um projeto de pesquisa a partir delas? Elas poderiam existir, ensimesmadas na inexistência do sujeito e do objeto construído – qualquer coisa, pensamento, obra? Não se trata, pois, também de um processo criativo?"
"Não há como aprender com os manuais."

E MAIS OUTROS TANTOS QUE CONVERSAM CONOSCO:

"Não saber de alguma coisa é abrir a possibilidade de sabermos juntos alguma coisa", **Giuliano Tierno**

"Fazer visível **aquilo que está por existir**; um trabalho sensível e intelectual executado por um artesão", **Cecília Almeida Salles**

"**O tempo da criação é permanent**e ... (o artista, o pesquisador) pode estar fazendo outras coisas, que envolvem sua rotina, aparentemente externa à criação e algo é anotado, pensado, solucionado", **Cecília Almeida Salles**

"Na manipulação da matéria, também **somos conduzidos** por ela", **Luiza Christov**

"Anotações, esboços, filmes assistidos, cenas relembradas, livros anotados, tudo tem o mesmo valor para o pesquisador interessado e está tudo conectado", **Cecília Almeida Salles**

"Para a palavra não ser umbigada, método é um só. Fazer perguntas à própria experiência, à própria palavra", **Luiza Christov**

A experiência é o que nos passa,
o que nos acontece, o que nos toca.
Não o que se passa, não o que acontece, ou o que toca.
A cada dia se passam muitas coisas,
porém, ao mesmo tempo,
quase nada nos acontece, **Jorge Larrosa**

"Deixo aos vários futuros (não a todos)
meus jardins de veredas
que se bifurcam,", **J. L. Borges (Ficções)**

POR FIM,

MANIFESTO AFETIVO
(CRISTIANE ROGERIO EM DIÁLOGO
COM JEANNE MARIE GAGNEBIN)

CONTRA A PRESSA,
A PRODUTIVIDADE,
A CONCORRÊNCIA, A PREVISIBILIDADE,
A ESPECIALIZAÇÃO CUSTE O QUE CUSTAR,
AS CERTEZAS E AS IMPOSIÇÕES.
PODEMOS EXERCER, TREINAR,
EM QUALQUER LUGAR.,
SIM, PEQUENAS TÁTICAS DE SOLAPAMENTO,
EXERCÍCIOS DE INVENÇÃO SÉRIA E ALEGRE,
EXERCÍCIOS DE PACIÊNCIA,
DE LENTIDÃO, DE GRATUIDADE,
DE ATENÇÃO,
DE ANGÚSTIA ASSUMIDA, DE DÚVIDA,
ENFIM,
EXERCÍCIOS DE SOLIDARIEDADE
E DE RESISTÊNCIA

Com carinho,
Cristiane Rogerio e Camila Feltre

Para a Turma VII, subimos para a plataforma de estudos Moodle três cartas. Chamamos de "Almamente", em homenagem às palavras inventadas de Guimarães Rosa: é uma formalidade coordenação pedagógica-estudante, mas é um carinho, um sonho, um pacto de encontro. A primeira foi assim:

São Paulo, 1º de junho de 2021.

Turma 7 querida,

Esperamos encontrar vocês bem e animados para os caminhos que levarão ao que chamamos de TCC – Trabalho de (uma) Conclusão de (um) Curso. A partir desta escrita, iremos enviar a vocês uma série de cartas que nos acompanharão neste percurso. As chamaremos de ALMAMENTE, palavra inventada por João Guimarães Rosa e que nos remete a uma busca de si, a escrita de si, em diálogo com outro um livro que amamos, o *A alma perdida*, de Olga Tókarczuk e Joanna Concejo (resenha no final), do qual destacamos o trecho-coração da narrativa:

> — Se alguém pudesse nos olhar do alto, veria que o mundo está repleto de pessoas que andam apressadas, suadas e exaustas, e também veria suas almas, atrasadas e perdidas no caminho por não conseguirem acompanhar seus donos. E isso cria uma grande confusão. As almas perdem a cabeça e as pessoas deixam de ter coração. As almas sabem que ficaram sem seus donos, mas as pessoas muitas vezes nem sequer percebem que perderam a própria alma.
> João ficou muito preocupado com esse diagnóstico.

> — Com é possível? Será que eu também perdi minha alma? — perguntou.
>
> A sábia médica então lhe respondeu:
>
> — Isso acontece porque a velocidade com que as almas se movimentam é muito menor do que a dos corpos. As almas surgiram no início dos tempos logo depois do Big Bang, quando o universo ainda não tinha acelerado tanto e, por isso, podia se olhar no espelho. Escute, você precisa achar um lugar só para si, sentar-se e aguardar com paciência a sua alma. Ela deve estar, neste momento, no lugar onde você passou há dois, três anos. Portanto, a espera pode demorar um pouco. Mas, para o seu caso, não vejo outro remédio.

Podemos estar em busca deste reencontro?

Muitos de vocês já estão no tema. Ou no formato. Ou no desejo. Ou nas perguntas. Tudo ou uma destas alternativas. **Quem ainda não está seguro, ou que ainda não conversou conosco individualmente, ou deseja uma segunda conversa, pode nos procurar durante o mês de junho, para agendarmos até dia 25**, um dia antes de nosso último sábado do semestre.

Seja em qual etapa cada uma e cada um de vocês estiverem, seguem aqui referências nossas da relação com o conhecimento e a pesquisa. Algumas já passamos a vocês; outras já fazem parte dos seus percursos; até que todas fiquem de alguma maneira marcadas em nossa linha do tempo.

"Anotações, **esboços**, filmes assistidos,
cenas relembradas, livros anotados,

tudo tem o mesmo valor para o pesquisador interessado, e está tudo conectado", **Cecília Almeida Salles,** ***Gesto inacabado, processo de criação artística* (Fapesp/Annablume), 1998**

"Conhecimento **não** é só informação.
Conhecimento não é só estudar.
Conhecimento não é só ler.
Conhecimento não é só fazer um curso.
Conhecimento não é só teoria, teorizar o mundo.
Conhecimento é um processo de relação com o mundo.
É um processo que é tudo isso,
portanto,
é um processo de estar vivo,
sentindo e **percebendo o mundo**."
Luiza Christov, encontro pós "O Livro para a Infância" 2020

"Deixem-me lembrar-lhes o que significa o termo epistemologia.

O termo é composto pela palavra grega episteme, que significa conhecimento, e logos, que significa ciência.

Epistemologia é, então, a ciência da aquisição de conhecimento, que determina:

1. (os temas) quais temas ou tópicos merecem atenção e quais questões são dignas de serem feitas com o intuito de produzir conhecimento verdadeiro. 2. (os paradigmas) quais narrativas e interpretações podem ser usadas para explicar um fenômeno, isto é, a partir de qual perspectiva o conhecimento verdadeiro pode ser produzido. 3. (os métodos) e quais

maneiras e formatos podem ser usados para a produção de conhecimento confiável e verdadeiro.

Epistemologia, como eu já havia dito, define não somente como, mas também quem produz conhecimento verdadeiro e em quem acreditarmos." **Grada Kilomba, palestra-performance, 2016**

"O conhecimento do conhecimento **compromete**.
Compromete-nos a tomar uma atitude de permanente vigilância
contra a tentação da certeza,
a reconhecer que nossas certezas não são provas da verdade,
como se o mundo que cada um de nós vê fosse o mundo, e não um
mundo, que produzimos com outros.
Compromete-nos porque, ao saber que sabemos,
não podemos negar o que sabemos."
Humberto Maturana e Francisco Varela em
***A árvore do conhecimento*,**
Editorial PSY,
tradução Jonas Pereira dos Santos, 1995

"Não existem discursos neutros. Quando os acadêmicos/as brancos/as afirmam ter um discurso neutro e objetivo, eles/as não estão reconhecendo que também escrevem a partir de um lugar específico, que, naturalmente, não é neutro nem objetivo, tampouco universal, mas dominante. **Eles/as escrevem a partir de um lugar de poder**."
Grada Kilomba, 2016

"Aprende-se, ao fazer, com o outro.
Antes de tudo, a arte de viver é a de absorver sabedorias,
com a paciência do artesão, no tempo do cultivar,
no tempo lento do bordar e compreensões, no tempo lento
de quem espera e, simultaneamente,
na rotina de quem fabrica a utopia da presença
do mundo em nós e de nós em cada um.
É arte de cultivar o ser. É arte de se abrir e de se educar para as possibilidades, todas, de diálogo. É arte de valorizar a vida a partir de valores que negam aqueles que fazem com que a vida se esvaia."
Cássio Viana Hissa, em
Entrenotas: Compreensões da pesquisa,
Ed. UFMG, 2012

"A experiência é o que nos passa,
o que nos acontece, o que nos toca.
Não o que se passa, não o que acontece, ou o que toca.
A cada dia se passam muitas coisas,
porém, ao mesmo tempo,
quase nada nos acontece."
Jorge Larrosa, ***Notas da experiência e o saber de experiência,***
em Tremores (Autêntica), 2014/20016

A alma perdida

Relações entre o corpo e a alma ocupam grandes discussões nas religiões e na filosofia. Atribui-se a povos antigos contos que abordam um descompasso entre eles, e que a vida moderna desequilibra, sugerindo mais esta conexão: o corpo corre, a alma é lenta. O tema é tratado pela polonesas Olga Tókarczuk (Nobel de Literatura em 2019) e Joana Concejo, que já inovam no formato: uma série de páginas só com ilustrações, depois uma com texto corrido — o projeto gráfico segue assim. No enredo, um homem muito apressado acorda certa noite sem saber onde estava e em dúvida do próprio nome. Na consulta a uma médica, a surpresa: perdera a própria alma. O tratamento? Procurar um lugar "só para si" e esperar.

Autoras:
Olga Tókarczuk
Joana Concejo
Tradução:
Gabriel Borowski
Todavia
R$ 49,90
A partir de 6 anos
Todavialivros.com.br

Com carinho,
Camila Feltre e Cristiane Rogerio

2. O próprio curso como articulador de futuros e mediador de vínculos

"Se eu fosse uma casa, eu te convidaria a entrar e reparar minha bagunça. A bagunça dos sons, das gentes, dos bichos e das coisas invisíveis",

CAROL FERNANDES, *Se eu fosse uma casa*

OS NÃO LIMITES DAS *RESENHAS-AFETIVAS*

As trocas, os trabalhos dos estudantes, como as *resenhas-afetivas* e os TCCs ainda podem ir para além do direito à reflexão e à escrita de si. Quando sou estimulada a pensar sobre as *resenhas-afetivas* realizadas com as turmas, não são só os livros escolhidos e as escritas que me vêm como lembrança: mas o ritual de compartilhar, a reação do grupo, aquilo impalpável de um para o outro, um grupo tocado pelo estar coletivo. Na Turma II, por exemplo, por iniciativa da própria turma, cada apresentador de sua resenha sentava-se na cadeira destinada ao professor — no caso ali, eu. Deu-me a oportunidade de fazer registros, de acompanhar o tempo e, o mais importante: de estar entre a turma nessa experiência.

Ficamos tomados pelas leituras. Quando dos encontros online em que ouvimos a colagem de vozes com as câmeras fechadas e apenas com

Mural dos estudantes no site padlet, com postagens de trechos de resenhas-afetivas.

trechos das resenhas, era um outro tipo de transe, que envolve algumas vezes o mistério de tentar identificar o livro escolhido, uma vez que cada pedaço de texto fica à mercê da intenção sedutora do estudante com o grupo. Para a Turma VIII, antes de o grupo compartilhar os textos completos entre si, criamos uma etapa a mais, pedindo uma imagem do livro com o texto escolhido a serem postados em um padlet — recurso que nos garantiu belíssimas texturas no online.

Algumas vezes, as resenhas explicitam o movimento das e dos estudantes ao encontro das obras contemporâneas e até mesmo o caminho até A Casa. Vilma Gomes, pedagoga e psicóloga, chegou até a gente por meio de um curso livre que ministrei em janeiro de 2017. Desde a primeira aula que Giuliano me convidou, na Turma V da pós "A arte de narrar histórias", carrego em uma mala laranja — já queridíssima por mim pelo fato de a ter comprado em Nuremberg, Alemanha, após a outra não dar conta de tanto material sobre uma feira de brinquedos que fui acompanhar pela *Crescer*. Dentro dela, a intenção de aula a partir da materialidade de diversos livros, de um *Cazuza** da minha infância até os últimos lançamentos que chegam às livrarias. Virou uma marca registrada, quase um fetiche, causando curiosidade nos grupos interessados na diversidade de formatos, temas, autores, nacionalidades.

Nas aulas que ministro na pós-graduação "O Livro para a Infância", também carrego a mala, os livros e as intenções (na versão online houve uma ocasião em que eu a coloquei em cima de uma mesa, e fui abrindo devagar, tirando as obras de dentro e instigando o grupo — nos divertimos muito). Para Vilma, naquele curso de férias um livro específico se destacou entre os outros — mas nem ouso querer explicar por que, pois aceito todos os mistérios da mediação de leitura. Era *A menina amarrotada*, a premiada obra de Aline Abreu, lançada em 2013 pela Jujuba Editora. Mas eu não percebi nada.

Envolvida pelas questões contemporâneas que eu apresentara como link das pesquisas da pós, Vilma se inscreveu para ingressar na Turma III, em março daquele mesmo ano. Alguns meses depois, chegou o momento da disciplina sobre os livros brasileiros em que eu era a professora e, como contei antes, era ali que eu pedia o exercício da resenha. Vilma não

---

* Esse clássico de Viriato Corrêa teve sua primeira edição em 1938.

Mala com os livros do acervo da autora.

pôde comparecer ao encontro das partilhas em grupo, mas me enviou o texto dias depois:

A menina amarrotada, um encontro!
por Vilma Gomes

O livro ilustrado *A menina amarrotada* é um convite a experienciar o sensível, num jogo de imagem/palavra que vai capturando o leitor, possibilitando uma experimentação estética e proporcionando um encontro. De autoria da escritora e ilustradora Aline Abreu, que vive e trabalha em São Paulo, formada em Artes Visuais pela FAAP e mestre em Literatura e Crítica Literária pela PUC.

Além desse livro publicado pela editora Jujuba no ano de 2013, Aline tem mais sete livros. Sua obra é permeada de sensibilidade e delicadeza, que traz à tona emoções encobertas, entre outros temas universais. Ela trata da questão do sofrimento e da solidão que a perda pode acarretar. O livro continua e provavelmente continuará sendo atual, pois, como um clássico, sempre nos conta algo novo a cada reencontro.

Porém, a mim ficaram as marcas do primeiro encontro. Ele se deu na Casa, num tempo de se abrir para outras possibilidades e de vivenciar experiências com a literatura infantil. Cheguei para um curso, e como sempre, ao chegarmos temos livros nos convidando, ele estava ali, sobre a mesa, despretensioso, aceitei o convite, nem me sentei, em pé mesmo, degustei e fui tocada, a menina do livro estava tão viva e transmitia tantos sentimentos que pude vivenciá-los.

Como toda boa literatura o livro me levou a uma experiência estético-reflexiva, uma "aisthesis", o despertamento para o belo, presente no livro/arte que estava em minhas mãos, uma percepção de que tinha algo a mais que eu ainda não tinha enxergado na literatura para a infância.

Foi um encontro que inaugurou algo em mim, inaugurou também uma questão.

Aquela literatura era para qual infância? A que tinha vivido, a infância que me habita? Ou seria para o adulto que sou? O livro me encontrou, adulto ou criança não sei, aceitei o convite.

Como era possível um livro para criança despertar tantos afetos em uma mulher? Contendo a emoção, fotografo, precisava ter um desses, para ler e reler, encontrar e reencontrar, mergulhar outras vezes na consternação da perda, medo e solidão, conviver com o que me amarrota. Tinha vida, presente nas palavras e nas imagens, ainda não sou uma leitora muito boa de imagens, mas na época, era praticamente analfabeta, e não saberia explicar como elas me tocaram, mas o olhar para o papel amassado, e a personagem encolhendo diante da dor, me diminuía também, houve um processo de identificação, a posição fetal a procura do útero que protege.

Senti um desejo enorme de presentear minha filha, minha sobrinha, minha amiga e todas as mulheres amarrotadas que conhecia, vi o livro como uma potência capaz de provocar o inconsciente e assim rememorar o vivido que pode ser elaborado no presente.

A solidão e o medo contidos nas palavras se repetem como um eco nas ilustrações, que com uma robustez própria também vai narrando, como numa sincronia de dois bailarinos que executam seus passos com perfeição, imagem e palavra deixam ouvir a música do vento que chega pra amarrotar.

Estava diante de uma obra de arte, sim, que por ser literatura ofereceu as lacunas, os vazios e os silêncios, próprios de um bom livro que não pretende contar tudo, mas abrir outras possibilidades de compreensão do mundo, de si e do outro.

E na leitura e reflexão conjunta, eu mãe, ela filha, mas agora também mãe, encontramos na história um fio condutor para uma conversa que poderia desamarrotar, foi possível falar de nossas perdas, como as enfrentamos ou não, dos descaminhos e das angústias, da sensação de abandono e orfandade, de reconstrução e significação da maternidade, e perdidas num abraço de reencontro desamarrotamos um tantinho para nos acharmos na complexa relação da maternidade.

E assim *A menina amarrotada inaugurou*, pra mim, o lado de lá da literatura infantil.

Perto de seus cinquenta anos de idade, aposentada de uma vida dedicada à escola, mãe e avó, Vilma tece com muita beleza o espanto de estar diante de um livro a ser indicado ao público infantil com tanta escrita em texto e imagem a dizer imensidões a ela. Com Aline e a menina que se amarrotou de tristeza, uniu-se aos sentimentos de dúvida a um outro tempo.

Em muitos encontros em que eu leio com os estudantes, peço que deixem de lado as amarras do adulto e que empurrem para bem longe a função de conhecer um livro para mediar às crianças. Parece bobagem, mas o pacto abre imensas possibilidades e possíveis entregas. Somos leitores, afinal, estamos ali, a leitura nos acontece.

O livro *Sagatrissuinorana*, que mencionei antes como vencedor do Jabuti principal em 2021, é daqueles que causa espanto, desconforto e fascínio já desde o nome. No texto que escrevi para a revista *Crescer* na edição de dezembro 2020, conto um pouco mais:

O ESPANTO COMO TRAVESSIA

Nonada: eis uma história que você pensa que é uma coisa e, quando vê, é outra. Aproximar-se de João Guimarães Rosa, de *Grande Sertão: Veredas,* é ter vontade de falar a língua dele e, aqui, o escritor João Luiz Guimarães (com "Luiz" e sem o "Rosa") nos convida a praticar. "Nonada" é também o começo desta versão de *Os três porquinhos*, recontada à moda "roseana". *Sagarana*, outro clássico de Guimarães Rosa, é lembrado como forma e tema: vem a "saga" do lobo mau, uma casa de palha, outra de madeira e a fortaleza feita de tijolos. Mas vem também uma linguagem à la Guimarães — ou "rana", palavra em tupi-guarani que significa "semelhante". O fato é que, nesta obra, não é o lobo o pior dos males, mas, sim, o que certos humanos foram capazes de deixar acontecer nas cidades mineiras de Mariana e Brumadinho. Quem enlaça isso de vez é Nelson Cruz, um dos mais incríveis ilustradores do Brasil. Enquanto ele e João Luiz Guimarães vão nos fazendo crer na narrativa do lobo e dos porquinhos, uma segunda história vai sendo enredada na imagem. São duas narrativas visuais que se encontram na escrita. O nome também é quase um enigma. Beleza igual, difícil encontrar.[1]

Ao mediá-lo para a Turma VIII, quase um ano depois, estava eu diante de uma turma com pessoas que já tinham o livro, outras que já haviam lido e, claro, as que nunca tinham visto ele aberto.

No nosso meio, já era um livro famoso não só pelo nome inusitado, mas também pelo tema exposto, tragédia que se repetia pelas nossas Minas Gerais. Para aumentar ainda mais a expectativa de quem o conhecia pelas minhas mãos, o livro estava indicado pelo Prêmio Jabuti a Melhor Livro Infantil e Melhor Ilustração. E, detalhe: eu já havia pedido à turma a resenha-afetiva.

Nos marcou muito como grupo as interpretações de Telma Braga, narradora de histórias, escritora e professora carioca residente em Brasília, que no clima diabólico do acontecimento referenciado no livro e induzido pelos autores, viu um par de chifres na dupla de páginas.

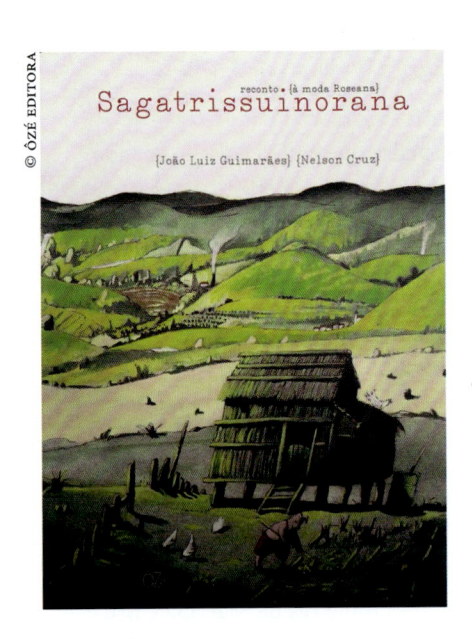

Capa do livro Sagatrissuinorana.

> O Cujo bem ensaiou o bufo — mas sem efeito.

> Porque o diabo não há. Existe é ruindade humana. Travessia.
> E a Lama trespassou o vale no meio do redemunho, mastigando, banguela, com suas gengivas de terra, o tão frágil e breve corpo –

Páginas 20 e 21 do livro Sagatrissuinorana, *Ôzé, 2020.*

No dia seguinte ao anúncio do Prêmio Jabuti, recebo a seguinte mensagem de Telma:

TELMA: Oi, Cris! Bom dia! Muita emoção ontem né?
TELMA: Vou atualizar a resenha. Tem como trocar lá no site? Ou devo subir outro arquivo?
TELMA: Dá vontade de contar pra todo mundo sobre o livro, postar, comentar, né?

Adivinhem a escolha de Telma? "Esse negócio de resenha-afetiva mexe com a gente, né? Acho que também me emocionei um tanto escrevendo."

Da dor à esperança: uma travessia necessária
Por Telma Braga

Essa é uma história com três porquinhos. Não é difícil descobrir, basta desvendar o enigma do título: Saga + tri + suíno + rana (sufixo de origem tupi que significa "à semelhança de"). É também um reconto à moda de Guimarães Rosa escrito por um outro João, por sinal também Guimarães, o João Luiz Guimarães.

Então, se você pensa que vai encontrar a história dos Três Porquinhos recontada de modo a lembrar a linguagem roseana, você quase acertou. Quase porque não é bem isso. Nonada. É muito mais que isso.

Mas se há Rosa, na prosa, há linguagem brincante, há montanhas das Gerais, há buritis e embaúbas. Há também um rio que já foi doce. E, sim, há porquinhos! Um quase rosa, um verde, um quase. Há lobo, há fuga, há medo. O medo do lobo. Dos lobos.

Enquanto seguimos pelo texto, descobrimos uma outra história possível nas belíssimas ilustrações de Nelson Cruz. Quando essas histórias se juntam, ganham o ritmo acelerado de uma correnteza que nos arrasta de uma vez até a última página, até a dor dos que são de Bento, dos que são de Mar e de Bruma.

Respiro. Preciso parar de escrever e me recompor. Exatamente como fiz ao terminar a leitura desse livro. Respirar e tentar entender como se pode tirar tanta beleza da dor.

Publicado pela ÔZé Editora, *Sagatrissuinorana* é dedicado às vítimas da tragédia de Mariana, Bento Rodrigues e

Brumadinho. Foi vencedor da 63ª edição do Prêmio Jabuti nas categorias Melhor Livro Infantil e Livro do Ano e tem ainda o selo Distinção Cátedra Unesco de Leitura – PUC Rio 2020 e figura entre os trinta melhores livros indicados pela revista Crescer em 2021.

Ainda assim, você pode se perguntar se é um livro para crianças. Depende da sua criança, de você e das veredas pelas quais vocês atravessarão a história. E a vida. Refletir sobre quem é esse Tinhoso que nos espreita, dissimulado, de dentro do redemunho, enquanto passamos pela vida distraídos, nem sempre é fácil, mas necessário. Refletir sobre causas e consequências de uma dor, também é doído, mas pode ser o único caminho para que ela não se repita. Talvez por isso, o livro, que passa por um vermelho intenso na página da última dedicatória, retoma a cor verde do início. Afinal, viver pode ser perigoso, mas a vida "transtraz a esperança". Sempre.

As resenhas-afetivas são potentes mediadoras de conhecimento e de perguntas. Não apenas por conta do que informam sobre sinopse e outros dados de referência, mas porque não há como escapar da própria indicação, de expor a leitura que se faz de mundo com a leitura que se faz daquela obra. O convite também pode estimular uma pesquisa sobre o livro, o autor, o contexto, a editora e essa parada se torna um contraponto na quantidade de produções que muitas vezes o curso mostra, que pode vir feito avalanche. A resenha-afetiva é uma pausa para um reencontro com um livro de um valor que não estará exposto nas vendas nem nos prêmios.

DOS INFINITOS DO ESTUDO DO LIVRO PARA A INFÂNCIA

Quarto desvio

Como epígrafe seria gigante, então usei o recurso dos desvios que apresentei aqui — porque é sua essência. Trago uma leitura da minha infância e das que mais amo fazer em sala de aula, embargando a voz muitas vezes. Um capítulo de *A fada que tinha ideias*, criada por Fernanda Lopes de Almeida, lançada em 1971 pela Ática. Hoje tenho a versão com as ilustrações de Edu.

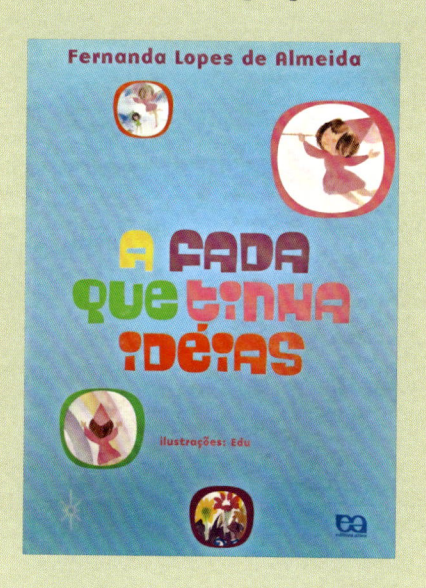

Diz assim:

Capa da edição de 2006.

149

Já tinha parado a chuva e Clara Luz estava louca que a Gota voltasse. Felizmente a Fada-Mãe veio com uma novidade:

— Minha filha, hoje vem uma professora nova. Você vai ter a sua primeira aula de Horizontologia.

— O que é isso?

— É saber tudo sobre o horizonte. As crianças lá da Terra aprendem Geografia. As fadas aprendem Horizontologia.

— Acho que vou gostar dessa aula — disse Clara Luz. O sininho da porta bateu: era a Professora que vinha chegando. Clara Luz correu ao encontro dela:

— Bom dia! Estou louca para aprender tudo sobre horizontes!

— Que bom! — respondeu a Professora. — Gosto de alunos assim entusiasmados.

A Professora era uma fada muito mocinha, que tinha acabado de se formar em professora de fadinhas. Sabia Horizontologia na ponta da língua. A Fada-Mãe ofereceu um cafezinho de pó-de-meia-noite e depois deixou Clara Luz e a Professora sozinhas.

— Muito bem — disse a Professora. — Primeiro quero ver o que você já sabe. Sabe alguma coisa sobre o horizonte?

— Saber, mesmo, não sei, não. Mas tenho muitas opiniões.

— Opiniões?

— É, sim. Quer que diga?

— Quero — respondeu a Professora, muito espantada.

— A minha primeira opinião é que não existe um horizonte só. Existem muitos.

— Está enganada — disse a Professora. — Horizonte é só um!

— Eu sei que todos acham que é só um. Mas justamente vou escrever um livro, chamado Horizontes Novos.

— Você vai escrever um livro? — perguntou a Professora, cada vez mais admirada.

— Vou. Eu acho que criança também pode escrever livros, se quiser, a senhora não acha?

— Acho, sim.

— Pois nesse livro eu vou dizer todas as minhas ideias sobre o horizonte.

— São muitas? — quis saber a Professora.

— Um monte. Por exemplo: eu acho que nós duas não devíamos estar aqui.

— Ué! Devíamos estar onde, então?

— No horizonte, mesmo. Assim, em vez da senhora ficar falando, bastava me mostrar as coisas e eu entendia logo. Sou muito boa para entender.

— Já percebi — disse a Professora.

— Tenho muita pena das professoras, coitadas, falam tanto!

— É verdade — respondeu a Professora, com um suspiro. Clara Luz ficou muito contente:

— Então, se está de acordo, por que não vamos para o horizonte já?

A Professora levou um susto:

— Não pode ser!

— Por quê?

— Não sei se é permitido... Não foi assim que eu aprendi Horizontologia no colégio...

— Por isso é que a senhora é tão magrinha.

— Hein?

— Coitada, levou anos aprendendo Horizontologia sentada!

A Professora levantou-se de repente:

— Sabe de uma coisa? Vamos!

Clara Luz ficou radiante:

— Eu sabia que ia gostar dessa aula.

E foram.

— Viu como é fácil ir? — perguntou Clara Luz, enquanto voavam, de mãos dadas.

— É mesmo. Nunca pensei que fosse tão fácil! — respondeu a Professora. Ela passava o dia dando lições para sustentar a mãe, uma fada velhinha, que já não podia trabalhar nem fazer mágicas. Ganhava vinte estrelinhas por aula e não tinha tempo para passeios.

Agora, com o ar puro lhe batendo no rosto, estava até mais coradinha.

— A senhora é bem bonita, sabe? — disse Clara Luz.

— Acha? — perguntou a Professora com um sorriso.

Nisso, chegaram.

A Professora foi a primeira a pular sobre o horizonte.

Estava tão alegre que se esqueceu de que era professora e saiu aos pulos, com os cabelos voando:

— Viva! Estou no horizonte!

Clara Luz foi atrás, também muito contente.

Um navio ia justamente aparecendo no horizonte. — Aproveite! — gritou Clara Luz.

A Professora aproveitou. Segurou o navio na mão, como se ele fosse um brinquedo.

O navio ia cheio de gente, que estava voltando da Europa, mas ninguém percebeu o que estava acontecendo.

Só ficaram todos alegres. E o comandante resolveu dar um baile.

A Professora, em criança, nunca tivera brinquedos, porque era muito pobre. Ficou encantada:

— Olhe só, que gracinha! Estão dançando, lá dentro!

Ela se sentia como as crianças quando vão ao teatrinho de bonecos. Ficaram as duas se divertindo, muito tempo, com aquele teatrinho. Depois, a Professora colocou o navio no mar, com tanto cuidado que não levantou a menor ondinha. E o navio, assim que saiu do horizonte, virou navio grande de novo, cheio de gente grande.

A Professora, agora, estava coradíssima e com os olhos brilhando. Ter um brinquedo tinha feito um bem enorme a ela.

— Vamos brincar de escorrega no arco-íris? — convidou Clara Luz.

Dessa vez a Professora nem se lembrou de pensar se seria permitido ou não.

Foi logo subindo por um lado do arco-íris e escorregando pelo outro, com os braços para o ar:

— Lá vou eu!

No princípio, como não tinha prática, escorregava muito desajeitada e Clara Luz morria de rir. Mas logo se habituou e mostrou que tinha um jeitinho louco para escorregar no arco-íris. Escorregava de costas, de frente, em pé e até dançando.

Clara Luz fazia tudo para imitá-la, mas a verdade é que não conseguia tão bem.

Tinha acontecido uma mágica com o cabelo da Professora: agora estava dividido em duas tranças, igualzinho ao que ela usava quando tinha dez anos. Clara Luz estava notando isso, mas não disse nada. A Professora ainda não tinha percebido o que lhe acontecera.

— Agora — disse Clara Luz — a senhora não quer dar uma espiada nos outros horizontes?

— Que outros, querida? Só existe um.

— Então olhe para lá!

A Professora, que só estava olhando para cá, concordou em olhar para lá, já que Clara Luz fazia questão. E viu mais de dez horizontes, um depois do outro.

— Não é possível, Clara Luz! Estou vendo dez!

— É? Então a senhora é formidável em Horizontologia, mesmo. Eu só estou vendo sete.

— Mas não é possível, Clara Luz! Será que não estamos sonhando?

— Claro que não. Está sonhando é quem só vê um.

Lá longe, na Via Láctea, a Fada-Mãe tocou o sininho para avisar que já tinha acabado a lição.

Clara Luz e a Professora voltaram voando, rindo da cara das fadas que abriam as janelas e comentavam umas com as outras:

— Que professora, essa! Onde já se viu dar lição assim? Brincando no meio da aula!

A Fada-Mãe estava na porta, esperando por elas.

— Onde estiveram?

— No horizonte, mamãe. Essa professora não ensina falando, não. Ela ensina indo.

A Professora encabulou: só agora reparara que estava de trancinhas. Que iria pensar a Fada-Mãe?

Mas a Fada-Mãe não era boba: foi lá dentro e, em vez de vinte estrelinhas, trouxe trinta, para o pagamento.

— Muito obrigada — disse ela. — Nunca vi minha filha gostar tanto de uma lição.

A Professora não quis receber:

— Não vou cobrar nada por essa aula. Eu é que aprendi muito com a sua filha. — Não acredite, mamãe! Ela é a professora melhor que eu já tive. A Fada-Mãe já tinha percebido isso. Insistiu em pagar as trinta estrelinhas e pediu à Professora que não deixasse de voltar, duas vezes por semana.[2]

Colocando-me a recordar momentos das aulas para concluir a dissertação de mestrado, não consigo tanto discernir o que é conteúdo pedagógico do curso e produção de conhecimento para mim. Explico. Na qualificação, chamou a atenção dos leitores um episódio que narrei de uma das aulas de Odilon Moraes na Turma VIII, em outubro de 2021, que repito aqui.

Volto ao dia 13 de outubro de 2021, quando *éramos* a Turma VIII. Primeiro dia com o módulo "Isto (não) é um livro ilustrado", com Odilon Moraes. Nos primeiros minutos, me dei conta de que como Odilon é um parceiro fundamental desde antes do curso ser sonhado, toda vez que ele começa um módulo novo é como se eu me desse conta de que é realmente "mais uma turma começando". Brinquei com ele sobre essa conclusão e ele me devolveu com uma poética: "Entendi, Cris, como se fosse a hora de virar a ampulheta". Sim.

Odilon dá as aulas online pelo celular. Não usa computador por e para nada, a não ser que seja obrigado e, após a pandemia, nada mudou nesse sentido. Dessa vez, diante da segunda turma online, pediu que as alunas e os alunos se apresentassem brevemente, com nome e cidade. Para isso, todos fechamos os microfones, e em algum tipo de ordem-sem-ordem, todos foram falando seus lugares.

— Cristina, de Petrópolis.
— Carol, de Belo Horizonte.
— Melissa, sou livreira em Goiânia.
— Núbia, Belém do Pará.
— Paula, de São Paulo, mas moro em Paris.
— Thiago, do Recife, mas hoje em São Paulo.
— Carolina, também de São Paulo, mas vivo em Girona, na Espanha.
— Tainá, São Bernardo do Campo.
— Telma, do Rio, mas estou em Brasília há muito tempo.
— Edith, de São Paulo.
— Priscila, Recife.

A cada fala de um, Odilon respondia com um "Bem-vinda/ Bem-vindo". Éramos A Casa Tombada recebendo o curso "O Livro para a Infância"? Éramos o curso "O Livro para a Infância" recebendo a turma de 49 pessoas espalhadas por muitos territórios diversos? Éramos a Turma VIII que nomeia uma das salas do aplicativo Zoom e recebia Odilon? Quem chega e quem já está aqui?

Em determinado momento, próprio do conteúdo que Odilon sugere para um sedutor primeiro encontro, veio uma pergunta tão comum quanto básica e profunda: "Se o ilustrador é um intérprete daquele texto, em que medida a ilustração limita ou direciona a criança à leitura?". Puxa vida, como sair desta? Odilon trouxe: "Sim, limita e direciona, pois a ilustração, a imagem criada ali, faz as vezes do real". Então o que fazer? "Como você se liberta deste limite? Vendo vários tipos de ilustração e de livros. O bonito é que é limite, mas é infinito."

"Infinito" ficou um símbolo justamente desta Turma VIII, por questão do formato do "oito" numeral, e o início ter sido no mês de agosto. Sempre retomamos possíveis significados do desenho, em aula ou nas reuniões de coordenação entre Camila Feltre e eu. Lidar com essa espécie de jogos de limites e avanços, de entrelaçar-se, de fazer-se. Assistir com paciência tudo acontecendo.

No texto de qualificação, também fiz outro laço entre conteúdo da pós e seleção para esta escrita. Pincei dois aprendizados comoventes: um, por Camila Feltre, quando nas suas aulas nos *convida a ser* Lygia Clark e criar nossas próprias fitas de Moebius; o outro vem com Edith Derdyk, artista fundamental em nossos estudos sobre o livro, que me impactou com fotos da artista espanhola Esther Ferrer, criando o caminho enquanto se caminha. Uma expansão mais do que interessante.

Assistindo a todas as aulas, alguns destaques dos conteúdos trazidos pelos professores me ensinavam mais do que os temas específicos de suas pesquisas. Me enchiam também de metáforas, simbolismos, ampliavam minha consciência do que eu realizava.

Assistindo a todas as aulas, alguns destaques dos conteúdos trazidos pelos professores me ensinavam mais do que os temas específicos de suas pesquisas. Me enchiam também de metáforas, simbolismos, ampliavam minha consciência do que eu realizava. No texto de qualificação, também fiz outro laço entre conteúdo da pós e seleção para esta escrita. Pincei dois aprendizados comoventes: um, por Camila Feltre, quando nas suas aulas nos convidou a "ser" Lygia Clark por alguns minutos (ver primeira imagem na p. 12) e criar nossas próprias fitas de Moebius, que conectam ao símbolo do "infinito", pois trata-se de uma dobra de papel que é cortada várias vezes mas mantendo uma superfície contínua. Ela vai ficando mais fina, mas sempre entrelaçada.

A outra imagem fortíssima que parece traduzir o curso foi trazida por Edith Derdyk, artista fundamental em nossos estudos sobre o livro: fotos da espanhola Esther Ferrer e sua performance "O caminho se faz andando", em que ela caminha por espaços públicos pisando em uma fita adesiva enquanto a desenrola, traçando, então, trajetórias únicas a cada momento. É fascinante — quase hipnotizante — ver ambas as artistas se jogarem no percurso do que ainda virá. Eram mais do que citações inspiradoras: sempre que retomadas essas referências, vivo ao lado das estudantes e dos estudantes o convite a se deixar ir.

3. Disposição para visão sistêmica e para o trançar

TREINADA PARA TRANÇAR

> *Não existe contradição entre o caráter cognitivo da experiência estética e seu caráter emocional: a emoção é um modo verdadeiro de conhecimento.*
>
> EDMOND COUCHOT, *A natureza da arte*

Em 1995 eu cursava o terceiro ano de jornalismo na Faculdade Cásper Líbero quando um grande sonho veio se concretizar: um trabalho dentro de uma redação. Fui contratada pelo jornal *Diário Popular* para ser uma das estudantes de jornalismo dentro de um setor chamado "Rádio escuta". Dividindo com outros colegas, nós tínhamos duas televisões ligadas ao mesmo tempo, quatro aparelhos de fax, quatro rádios em quatro estações diferentes e dois sistemas de computador: um era para produzirmos textos para nos comunicarmos com a redação, outro servia como um receptor de notícias de agências que a gente, por meio de uma decodificação programada, enviava aos editores. Sim, tempos antes da internet. Nós éramos uma das mais importantes conexões da redação com "o mundo".

Assim, hoje noto que essa dinâmica que vivi — com uma interrupção de um ano — até 1998 (de estagiária fui a chefe do setor), foi um dos meus primeiros aprendizados sobre a importância de termos uma visão sistêmica. Era minha função saber sobre o campeonato brasileiro de futebol, o ministro da economia que havia "caído", o pastor chutando a imagem de Nossa Senhora de Aparecida, o elenco da nova novela das oito, as causas do blecaute na cidade de São Paulo, o primeiro show do U2 no Brasil, a greve dos petroleiros. Tudo fazia parte, as partes tinham seus lugares, os lugares precisavam da boa informação, e a boa informação mantinha a credibilidade na produção diária. Era uma parceria entre nós e a redação.

Em 1999 entrei para uma revista de público popular chamada *Ana Maria*, na editora Abril. As capas e as chamadas principais sempre estavam em torno dos artistas da música ou da televisão, mas a leitora de *Ana Maria* era mais que isso. Então, ao mesmo tempo que eu deveria fazer a cobertura jornalística sobre o novo namorado da Carla Perez, a estreia da turnê de Sandy & Junior e a inauguração cheia de famosos do parque Hopi Hari, eu precisava oferecer reportagens sobre nutrição, como lidar com a birra das crianças e as diferenças dos cargos de vereador e deputados, de olho nas eleições que logo chegariam. Uma leitora que tinha vários interesses.

Em 2001, fui trabalhar como repórter no jornal interno da Universidade Federal de São Paulo (Unifesp), que à época era apenas voltado à formação de profissionais da área da saúde e administrava, além do Hospital São Paulo e outras unidades da cidade. O meu público eram os estudantes, os funcionários, os pesquisadores. Se eu estava ali para ouvir as palavras do chefe do Departamento de Pediatria após uma grande reforma no andar do hospital, eu também tinha que explicar o porquê do atraso de salários, falar da necessidade do trote nos calouros se tornar cada vez mais solidário e lembrar aos que ali transitavam que estávamos todos em uma comunidade.

Esse treino para trançar foi se tornando tão forte que, para mim, olhar "para o todo" nunca foi uma dificuldade. Mas não é assim para todos. A proposta da pós "O livro para a infância" de colocar, lado a lado, o educador, o artista do livro, os intermediários e os especialistas era e é, ao mesmo tempo, a beleza e o desafio. Nas questões que envolvem os processos contemporâneos de estudo sobre o livro para a infância — o aprender em coletivo e a experiência como fundamento de pesquisa, tema da minha pesquisa —, havia linhas soltas que, embora tivessem seus próprios nós, precisavam se entrelaçar a outras para entenderem-se como individuais.

No prefácio de *A árvore do conhecimento — as bases biológicas da compreensão humana*, de Humberto Maturana e Francisco Varela, o tradutor Humberto Mariotti nos situa sobre o ponto de partida dos dois pesquisadores dizendo que "a vida é um processo de conhecimento; assim, se o objetivo é compreendê-la, é necessário entender como os seres vivos conhecem o mundo". Mariotti continua, nos apontando as definições de representacionismo, modo de pensar que prioriza a objetividade. E que essa teoria produziu desdobramentos práticos e éticos.

> Veio, por exemplo, reforçar a crença de que o mundo é um objeto a ser explorado pelo homem em busca de benefícios. Essa convicção constitui a base da mentalidade extrativista — e com muita frequência predatória — dominante entre nós. A ideia de extrair recursos de um mundo-coisa, descartando em massa os subprodutos do processo, estendeu-se às pessoas, que assim passaram a ser utilizadas e, quando se revelam "inúteis", são também descartadas. Como todos sabem, a exclusão social alcança hoje em muitos países proporções espantosas, em especial no continente africano e na América Latina. Ao nos convencer de que cada um de nós é separado do mundo (e, em consequência, das outras pessoas), a visão representacionista em muitos casos terminou desencadeando graves distorções de comportamento, tanto em relação ao ambiente quanto no que diz respeito à liberdade.[1]

Se eu não visse "tudo" poderia não estar vendo nada. Entendi, com o tempo, que não era uma pressão. Mesmo que na roupagem da opressão. Era um modo de ver o todo. De começar a entender o mundo e a nossa sociedade como a primeira página de um jornal tradicional: espaços maiores e menores sob o julgamento de interesse de certas pessoas, uma mistura de utilidade e reflexão.

Suspeito que esse fazer jornal com dezenas de pessoas, estar pronta para informar em várias áreas, compreender as especificidades das editorias e, claro, lidar com as personalidades diferentes dos jornalistas mais experientes que eu, deram-me algum tipo de base para viver no coletivo. Anos depois, trabalhei na comunicação interna da Unifesp, o que me demandava lidar com médicos, alunos dos cursos de Medicina e outros e funcionários de hospitais públicos, como o complexo Hospital São Paulo. A missão era estabelecer uma espécie de conversa entre eles, levando informações precisas com certa leveza. Política, solidariedade, egos inflados, ciência de ponta, desigualdades sociais estavam expostas, e era eu que tinha que trançar às vezes o impossível. E como eu gostava daquilo tudo.

Quando entrei para a revista *Crescer*, um novo mundo se abriu: o da especialização. Por mais que eu tenha demorado a estudar oficialmente, desde o primeiro instante a incumbência das resenhas dos livros para crianças como indicação à leitora da revista (na maioria são mães) era um aprendizado imenso. Seja lendo as dezenas de livros — foram crescendo conforme eu tinha mais espaço na minha coluna mensal —, seja entrevistando autores e pesquisadores, estava em contato com pessoas de perspectivas diferentes, embora o assunto fosse o mesmo.

Em 2006, começamos um percurso que foi fundamental para minha formação: a lista com Os 30 Melhores Livros Infantis do Ano. Apesar de não ter participado da primeira versão — com 55 obras básicas para a biblioteca da família —, eu passei a coordenar o prêmio a partir de 2007. Tinha como parceira uma repórter free-lancer, Marina Vidigal, que criou um sistema com os cerca de quarenta jurados que contribuíam com nossa apuração. Isso é bem importante, aliás: nunca deixamos nos desligar da perspectiva de que o que fazíamos era uma grande reportagem com a colaboração de especialistas de vários locais do Brasil. Todo início de ano entramos em contato com eles, pedimos quinze livros lançados no ano anterior, brasileiros ou estrangeiros, que tenham lhes chamado a atenção, pedimos que os coloquem em ordem de preferência e nos enviem. A partir das listas, tabulamos os votos e pontuamos as classificações para chegar a um material jornalístico que tenha a ver com a revista. Fiz com Marina por oito anos, até quando saí da revista em 2013. De 2014 a 2018 fui jurada e lá ia eu enviando a minha lista — difícil de ser feita com tantas obras maravilhosas para escolher! Em 2019 retornei à revista como free-lancer e colunista e a partir de 2020 passei a produzir toda a apuração sozinha.

E o que me dou conta quando estou na produção desta escrita? Talvez eu viva na pós-graduação um processo parecido com o do jornalismo, minha outra área fixa de atuação. Todos os meses publico resenhas sobre livros que escolho para minha coluna mensal. Mas se todos os anos eu de alguma maneira estou com outras pessoas que acompanham a produção dos livros no Brasil, além de garantir a essência de uma reportagem — ouvir diferentes vozes para um mesmo assunto —, tenho a chance de, pessoalmente, expandir meu pensamento de crítica literária, me levando a repensar algumas obras que eu mesma já "julgara" antes. Diante de todos os trinta livros escolhidos para a lista, ao escrever um novo texto para cada um, tenho uma segunda chance de descobrir pontos em comum. Estou em um saber coletivo.

Assim como acontece com as turmas, o coletivo oportuniza a chance de ampliar a visão específica sobre os livros, e pode nos levar a outras dimensões e estudos, como que tipo de livros são mais votados, quais menos. Ao longo do tempo, fomos ampliando também o escopo de atuação dos jurados, pois sempre foi nosso princípio orientador convidar pessoas de atuações diferentes e regiões diversas do Brasil. Os alunos da pós e as redes sociais me apresentaram pessoas como as educadoras Silvia Fortes, Luciana Bento e Joana Oscar que estudam, pesquisam, procuram e indicam livros com o olhar apurado para a ótica antirracista e na busca de autores negros, mas também acompanham a produção geral dos livros para a infância contemporâneos. Bem como outras pesquisadoras da academia, como Diana Navas, da Pontifícia Universidade Católica de São Paulo (PUC-SP), do grupo de Crítica Literária; e Cristiane Tavares, coordenadora da pós-graduação Literatura para Crianças e Jovens no Instituto Vera Cruz, em São Paulo. Além disso, a própria lista me apresentou fontes que levei para serem professoras da pós, como as especialistas em acervo e seleção de livros Silvia Oberg e Stela Battaglia.

Quinto desvio
(Ou uma resenha-afetiva)

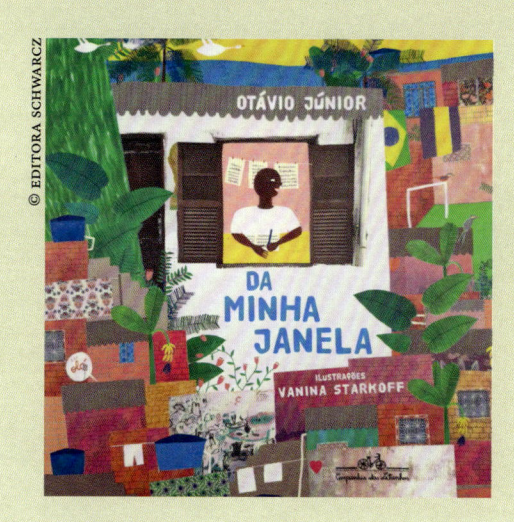

Capa da edição de 2018.

Em 2019, o escritor Otávio Júnior, já no mercado editorial como autor, mas ainda mais conhecido como o "livreiro do Alemão", por suas imensas contribuições de levar literatura aos morros cariocas, lançou um livro que mexeu com quem ama a literatura para a infância. *Da minha janela*, publicado pela Companhia das

Letrinhas, com imagens produzidas por Vanina Starkoff, argentina radicada no Brasil, emocionou milhares de leitores e chegou até o Prêmio Jabuti de Melhor Livro Infantil, na edição de 2020.

Há um muito ali: na história, um menino, de sua janela, vê a sua favela, com suas especificidades, belezas, paisagens. Um orgulho de ver (ou mostrar) sua cultura, seu nascedouro, uma característica bonita que Otávio dá como alternativa, principalmente às crianças da comunidade que amam os livros, mas pouco se veem neles.

Uma das poéticas mais impactantes do livro é que ele é narrado em texto e imagem como se durante todo o livro estivéssemos olhando com um zoom os detalhes, as construções, a força de um povo diverso cuidando de si, indo para a escola, a dureza dos dias em que não é possível sair de casa por conta da violência.

Ao final, essa textura toda fica imensa, com uma dupla de páginas em que a gente vê o todo, a favela inventada pela arte de Otávio e Vanina transformada do "pequeno" para o "grande", entrelaçada pelos fios das pipas e onde podemos parar um tempo a mais, viver com "gente para todo lado", como diz o texto.

Esta possibilidade entre ver o detalhe e "abrir a câmera" para a visão panorâmica me fascina toda vez que leio esse livro para as turmas.

Me fortalece uma premissa de que nas histórias que ouvimos nem tudo está exposto da mesma forma. É preciso tempo para procurar os escondidos da literatura, o tempo da leitura com o nosso tempo da emoção da leitura. É preciso cuidar.

NOMEAR ERA PRECISO

Não era apenas eu, não era apenas a *Crescer* e não era apenas um grupo e uma porção de livros sendo lançados ano a ano. Olhando de hoje para trás, eu estava *in loco* num momento importantíssimo para a pesquisa do livro para a infância no Brasil. Vivendo a experiência, claro, eu não fazia ideia. Mas os anos 2000 e os anos 2010 mexeram com o mercado editorial da área e as possibilidades artísticas de um grupo de maneira irreversível.

Uma linha do tempo breve para preparo de conversa em aula diria mais ou menos isso sobre *quem éramos* neste campo de pesquisa e diz bastante sobre o contexto quando a nossa pós "O livro para a infância" foi criada em 2016 e como ele tem seguido: quero dizer que as mudanças dentro do curso são reflexos das mudanças fora do curso. Todo o estudo do livro para a infância, os enfoques teóricos do ensino de literatura para crianças foram impactados por diversos pontos. Seguem alguns pontos que criei para o texto de qualificação:

UMA HISTÓRIA DE LITERATURA INFANTIL NO BRASIL

A história do livro infantil no Brasil vem sendo narrada por grandes estudiosos de nossa língua e literatura e, comumente, aponta para alguns marcos:

1. A chegada da imprensa, junto à corte portuguesa, em 1808.
2. As mudanças de paradigmas de criação e circulação feitas por Monteiro Lobato nos anos 1920 e 1930, em relação ao que havia na maioria.
3. Os desdobramentos das novidades trazidas pela equipe da *Revista Recreio*, a partir de 1969, no que se relaciona a obras, temas e autores.

4. A efetivação de um mercado dedicado à literatura para infância a partir dos anos 1970 e 1980 — ou seja, autores e editoras que se estruturaram neste universo.
5. A publicação de diversos estudos teóricos sobre o tema, como obras de Nelly Novaes Coelho, Marisa Lajolo, Regina Zilberman, Ligia Cademartori e Edmir Perrotti.
6. A evidência nos anos 1990 e 2000 da necessidade de novos movimentos artísticos e de estudo voltados para a criação de livros infantis, entre autores, escritores, ilustradores, editores, designers, atingindo também a formação inclusive de educadores, professores de escola, livreiros.
7. As consequências das mudanças nas décadas anteriores nos anos de 2010 e 2020, como a revolução das possibilidades gráficas de obras brasileiras, projetos de design ousados e contemplados na execução final; mas também, e tão imensamente importante quanto, a evolução da presença das histórias e culturas diversas, como as nossas fundadoras africanas e indígenas, por anos marginalizadas quase por completo, e estimuladas pelas leis 10.639, em 2003 — com propostas de novas diretrizes curriculares para o estudo da história e cultura afro-brasileira e indígena na rede de ensino — e 11.645, em 2008, quando torna-se obrigatório o estudo da história e cultura afro-brasileira e indígena.* Ambas as leis influenciam o mercado do livro infantojuvenil,

---

* A Lei nº 11.645 altera a Lei nº 9.394, de 20 de dezembro de 1996, modificada pela Lei nº 10.639, de 9 de janeiro de 2003, que estabelece as diretrizes e bases da educação nacional, para incluir no currículo oficial da rede de ensino a obrigatoriedade da temática "História e cultura afro-brasileira e indígena". Disponível em: <http://www.planalto.gov.br/ccivil_03/_ato2007-2010/2008/lei/l11645.htm>. Acesso em: 11 out. 2024.

pelo interesse nas escolas, nas famílias e, claro, nos editais de compras do poder público.[2]

Desde Nelly Novaes Coelho há um esforço hercúleo de valorizar o leitor criança. Claro que, nas suas limitações, Monteiro Lobato já iniciava esse movimento. Mas é nos anos 1970 e 1980 que as teorias sobre livro e infância engrossam o coro por uma infância leitora de literatura, como citado antes na linha do tempo. Como jornalista especializada na área, fui traçando essas décadas em alguns meses ou anos nas reportagens e no meu interesse que não se finda em pesquisar o assunto.

Ao iniciar minha jornada no tema, ainda na revista *Crescer*, Nelly Novaes Coelho foi meu primeiro norte para que eu, pesquisadora solitária, começasse uma elaboração. Com ela fui criando em mim bases para compreender tamanho desprezo pelo livro infantil entre os interesses da academia e das artes. Não havia um lugar de cuidar desse gênero literário (nem sequer é possível afirmar que é considerado um gênero literário) como "casa própria". Estava sempre ali, em uma espécie de "puxadinho" dos estudos da Pedagogia, da Literatura Brasileira, da Língua Portuguesa, das Artes Visuais, da Biblioteconomia, do Design, da Arquitetura, das Letras. Fui compreendendo que eu começava a habitar uma terra de militância, de procurar espaço, de provar valores.

Com Nelly fui traçando os caminhos expostos por uma história "oficial" da literatura infantil no Brasil, com o que se estudou sobre marcos, com o que se evidenciou como produção e relevância. Em seu livro *A literatura infantil*, de 1981, ela narra na abertura como a pesquisa em torno da literatura infantil e juvenil aconteceu "ao sabor do acaso", conforme ela foi se inteirando das discussões — "Nossa antiga preocupação com a Didática da Literatura, nos diversos níveis de estudo, e também com as Literaturas Portuguesa e Brasileira Contemporâneas, foi de certo momento em diante alargada por um novo interesse: a literatura escrita especialmente para crianças e jovens"[3] —, apontando as parcerias com o

Centro de Estudos de Literatura Infantil e Juvenil de S. Paulo (CELIJU), a Fundação Nacional do Livro Infantil e Juvenil (no Rio de Janeiro), a Academia Brasileira de Literatura Infantil e Juvenil (em São Paulo) e a Biblioteca Municipal Infantil Monteiro Lobato (em São Paulo).

Na ocasião do relançamento de outro clássico da autora, o *Dicionário crítico de literatura infantil e juvenil*,* em 2007, ela disse em entrevista ao Sindicato dos Professores de São Paulo e, depois, publicada pela *Revista Giz*:

O dicionário é um desdobramento do curso de Literatura Infantil que a senhora implantou na USP?

Não foi assim uma sequência lógica, mas é que a gente vai percebendo o que falta nessa área, não é? Em 1980, eu já era professora titular do departamento de Letras da USP, já era doutora livre-docente e me dedicava à literatura portuguesa basicamente. Acontece que desde meados da década de 1970 eu comecei a notar a importância que alguns países davam à literatura para crianças. Estive em Los Angeles, na Universidade da Califórnia, nos Estados Unidos e lá participei de um congresso sobre literatura infantil. E lendo esses livros tratados no congresso comecei a me dar conta que a nossa literatura infantil não deixava absolutamente nada a desejar em relação à literatura estrangeira. De volta ao Brasil, e aí já envolvida com o Centro de Estudos da Literatura Infantil, chegou às minhas mãos um exemplar de *O reizinho mandão*, de Ruth Rocha. Ainda estávamos em plena ditadura, acho que o livro é de 1976, ou 1977, e ali estava uma verdadeira obra de contestação ao regime militar. E então eu entendi que os valores da nova literatura já haviam chegado à literatura infantil e o que era de difícil compreensão nos livros dos adultos agora tinha uma tradução fácil nas obras para crianças.

---

* A primeira edição é de 1983.

O que é exatamente essa nova literatura a que você se refere?
É a literatura feita pela turma que emergiu no boom da literatura infantil. É a Ruth Rocha, o Ziraldo, a Eva Furnari, a Lygia Bojunga. Grandes nomes até hoje que, naquele momento, final da década de 1970, souberam contar para crianças como era o rico mundo em que vivíamos. Eu percebia essa preocupação de retratar e refletir um novo mundo que estava surgindo na literatura para adultos. Mas ainda era muito difícil compreender tudo aquilo nos livros de gente grande. Aconteceu que, no Brasil, os assuntos que precisavam ser tratados, como a relação eu-mundo, como a questão das palavras e das identidades, da valorização do ser humano, do lugar do ser humano nesse mundo de caos de valores, esses assuntos começaram a despontar na literatura infantil também. Só que sem a dificuldade dos adultos. Tudo isso era tratado de forma lúdica, fácil, engraçada e, o melhor, com ilustrações fantásticas e textos breves.[4]

É também nos movimentados anos 1980 de Nelly Novaes Coelho que outros estudos abrangem desigualdades e interferências de uma pedagogia que limita o acesso aos livros para as crianças, somada a uma falta de consciência da sociedade de que leitura não é "hábito a ser criado pela escola" e, sim, direito humano, como viria a teorizar o professor da USP Antonio Candido no célebre texto "Direito à literatura".[5]

Em 1981, Regina Zilberman publicou em seu *Literatura infantil na escola* que "é o enfoque estético que preside a abordagem do livro para crianças, porque somente a realização literariamente válida rompe os compromissos (que estão na gênese histórica da produção infantil) com a pedagogia e, sobretudo, com a doutrinação".[6]

Um ano antes, 1980, a gaúcha Ligia Cademartori, doutora em Teoria Literária, dizia em seu pequeno livro *O que é literatura infantil?*, da coleção Primeiros Passos da Editora Brasiliense:

Se o homem se constitui à proporção da formação de conceitos, a infância se caracteriza por ser o momento basilar e primordial desta constituição, e a literatura infantil pode ser um instrumento relevante dele. Sendo assim, essa literatura configura, não só como instrumento de formação conceitual, mas oferece, na mesma medida, elementos que podem neutralizar a manipulação do sujeito pela sociedade. Se a dependência infantil e a ausência de um padrão inato ao comportamento são questões que interpenetram, configurando a posição da criança na relação com o adulto, a literatura surge como um meio possível de superação da dependência e da carência, por possibilitar a reformulação de conceitos e a autonomia do pensamento.

A questão da assimetria adulto/criança, porém, particulariza, por via de distorção, o acesso ao conhecimento mediado pela literatura. O caráter formador da literatura infantil vinculou-a, desde sua origem, a objetivos pedagógicos. Ora, isto cria uma tensão entre o saber da obra literária (que diz "apresento o mundo assim") e o ideal da pedagogia (que diz "o mundo deveria ser assim"). Tal tensão é o grande desafio da obra destinada ao público infantil que, não solucionado, muitas vezes abala seu próprio estatuto literário.[7]

E, mesmo não se referindo à contemporaneidade brasileira que incluiu o livro ilustrado e tantas outras possibilidades gráficas inventivas que circulam nas prateleiras do livro hoje, Cademartori tinha um conceito fundamental para a escolha de um livro para crianças:

> No exame de um livro para criança que se apresente como literário, pode-se iniciar uma avaliação procurando a resposta à seguinte pergunta: esse livro permite que a criança perceba a força criativa da palavra ou da imagem? Ou não há nele nenhuma novidade, nada que atraia ou prenda a atenção no arranjo dos signos, no modo como foi

composto? Alguma forma de surpresa, alteração, renovação do olhar um livro deve trazer.[8]

Encarar a literatura infantil dessa maneira fazia toda a diferença para o sistema literário em si, ou, como chamamos em nossa pós, os processos contemporâneos de criação, circulação e mediação. Para ainda falar de nomear, foi uma escolha da coordenação e d'A Casa Tombada assumir o termo "livro para a infância" no curso e não "literatura infantil" ou "livro para crianças", pois nos dá a possibilidade de "lavar", como diz Graciliano Ramos, a todo momento o termo infância. É a partir disso também que expandimos as possibilidades e vemos a invisibilidade da criança negra, indígena ou a criança com alguma questão que a especifica com um tipo de deficiência ou particularidade física e, para avançar ainda mais, aspectos de identidade, como as questões de gênero.

É também entre a década de 2000 e 2010 que o termo "livro ilustrado" (ou livro álbum) se consolida como pesquisa, como gênero e, sim, como mercado. Isso porque quando se assume no Brasil a existência de um modo híbrido de narrar uma história, alteram-se também os direitos autorais dos autores envolvidos, principalmente no que tange à valorização do trabalho do ilustrador. Em todas as turmas, o livro ilustrado é mote, surpresa, espanto e causa de muitas perguntas.

Em *Para ler o livro ilustrado*, da acadêmica francesa Sophie Van der Linden, que chegou aqui pela Editora Cosac Naify em 2011 como primeiro livro teórico traduzido sobre o assunto, lemos:

> De imediato, o livro ilustrado evoca duas linguagens: o texto e a imagem. Quando as imagens propõem uma significação articulada com a do texto, ou seja, não são redundantes à narrativa, a leitura do livro ilustrado solicita apreensão conjunta daquilo que está escrito e daquilo que é mostrado.

As imagens, cujo alcance é sem dúvida universal, não exigem menos do ato de leitura. Nisso talvez resida um mal-entendido crucial. Considerada adequada aos não alfabetizados — a quem esses livros são destinados em particular —, é raro que a leitura de imagens resulte de um aprendizado, uma vez que ela irá paulatinamente desaparecer da nossa trajetória de leitores. Ora, assim como o texto, a imagem requer atenção, conhecimento de seus respectivos códigos e uma verdadeira interpretação.

Ao longo de sua evolução histórica, o livro ilustrado infantil conheceu grandes inovações. A imagem foi gradativamente conquistando um espaço determinante. Hoje, ela revela sua exuberância pela multiplicação dos estilos e pela diversidade das técnicas utilizadas. Os ilustradores exploram ao máximo as possibilidades de produzir sentido.

Assim, ler um livro ilustrado não se resume a ler texto e imagem. É isso, e muito mais. Ler um livro ilustrado é também apreciar o uso de um formato, de enquadramentos, da relação entre capa e guardas com seu conteúdo; é também associar representações, optar por uma ordem de leitura no espaço da página, afinar a poesia do texto com a poesia da imagem, apreciar os silêncios de uma em relação à outra... Ler um livro ilustrado depende certamente da formação do leitor.[9]

Não é simples. São décadas valorizando o livro a partir da palavra escrita que, no processo de alfabetização brasileiro, supõe uma hierarquia entre ler palavra e ler imagens, sendo a primeira o grande objetivo da educação. Fruto dessa premissa, eu também enfrentava minhas barreiras na escrita sobre esses livros que hoje dizemos contemporâneos. Já tínhamos *Flicts*, de Ziraldo, lançado em 1969, mas as análises da crítica se voltavam muito mais para o enredo — uma cor/personagem que buscava seu lugar no mundo — do que para a forma que o cartunista criou para narrar a história. No meu período da primeira fase da *Crescer* — 2005 a 2013 — produzindo, sem saber, referências para pesquisas futuras desse campo, levei anos para compreender, por exemplo, o tamanho da importância da chegada ao Brasil, em 2009, de *Onde vivem os monstros*, do norte-americano Maurice Sendak. O livro é considerado um clássico mundial desde 1963 e seu autor é chamado de "o pai do livro ilustrado". O lançamento e a tradução do nome para o português estavam colados à estreia do filme inspirado no livro, do renomado cineasta Spike Jonze.* A tradução do título foi pressionada inclusive por isso e o *Where The Wild Things Are* chegou aqui como "monstros" e não como "coisas selvagens". A selvageria em questão é do menino Max, que é colocado de castigo logo no começo do livro. Possesso com o poder da mãe, o narrador conta que uma floresta começa a nascer no quarto de Max, um barco surge em seu socorro e após navegar um longo tempo ele chega a "onde vivem os monstros". Lá, como o leitor pode imaginar, claro, ele é eleito o rei de todos os monstros, e se diverte em pura selvageria com os seus pares, todos bem monstruosos. Mesmo com esse amplo espaço para extravasar, Max de repente sente uma vontade de estar em casa novamente. O livro, além da metáfora para trazer à criança o direito de sentir raiva, também estabelece uma maneira de narrar que foi um divisor de águas, como o autor e pesquisador Odilon Moraes explica em sua dissertação:

> *Onde vivem os monstros*, de Maurice Sendak, tornou-se um paradigma do livro ilustrado contemporâneo pela maneira com que integra na narrativa os vários aspectos desse objeto polissêmico, construindo uma espécie de orquestração entre linguagens distintas ao longo do livro. A obra trata de um garoto, Max, que depois de aprontar uma travessura atrás da outra é colocado pela mãe de castigo e sem jantar

---

* À época, o diretor de *Quero ser John Malkovich* e *Adaptação* já era o "cineasta do momento". Para este filme, entrevistou Maurice Sendak e documentou o encontro. Disponível em: <https://www.youtube.com/watch?v=YnQc7prdT1E>. Acesso em: 14 out. 2024.

em seu quarto. Nesse momento o ambiente começa a se transformar em uma floresta e ele, Max, no rei das criaturas selvagens. O caminho de Max até se apossar completamente de seu lado selvagem e se tornar ele mesmo o rei das criaturas é apresentado no objeto como uma imagem que lentamente ganha mais espaço na página e tem seu ápice, isto é, o domínio completo da cena, quando o próprio texto desaparece das sequências de páginas e a imagem, assim como o menino, assume seu reinado no domínio da fantasia. Porém o descontrole de Max, que o retirou do convívio familiar e da esfera do humano, vai paulatinamente passando e ele chega a sentir saudades de casa. É então que a relação espacial palavra e imagem se inverte e retorna lentamente ao equilíbrio. No final, juntamente com a página em branco, apenas o texto: "e ainda quentinho", se referindo ao fato de um prato com seu jantar ter sido colocado em seu quarto e cujo cheiro o trouxera de volta ao real, representado pela presença solitária da palavra.[10]

Eu só fui ouvir isso, dessa maneira, pela primeira vez em 2012, quando na minha licença-maternidade de Clarice fui fazer o curso, citado antes, com Odilon e Fernando Vilela, no Instituto Tomie Ohtake. A pós "O livro para a infância" se dá ou até se fortalece, digamos assim, por conta desse momento de mudança de como se olha para o livro dedicado a um público determinado. Esta é, aliás, a primeira barreira que o estudo do livro ilustrado rompe: de alguma maneira, a leitura sistematizada desses livros faz com que, finalmente, esta "literatura para a infância" seja acolhida pelo leitor adulto como literatura. Os adultos se assumem leitores de livros ilustrados, bem como começa um movimento ainda mais forte da criança ser capaz de entender mais do que se espera, uma vez que o jogo entre imagens, texto e design tem uma outra complexidade de leitura que inclui leitores de todas as idades.

Isso conta ainda na forma como o livro circula. Foi também nessas duas décadas, como já citei antes, que as políticas públicas voltadas ao livro avançaram sobremaneira e esse "livro contemporâneo para a infância" também caminhou pelas bibliotecas do país. Foi no mesmo curso do Tomie Ohtake que comecei a entender melhor o livro ilustrado e compreendi o peso dos programas de compra de governo para a produção do livro para a infância no Brasil. Quando um livro entra em uma compra de alguma esfera pública, a quantidade é tão imensa que mesmo baixando o preço de capa da obra vale a pena para a editora colocá-la na gráfica, pois o livro circula no destino público, mas também possibilita o privado, ou seja, as livrarias, as compras individuais e escolhas de acervos das famílias e instituições de educação particulares.

Em meu texto para qualificação ao mestrado, elaborei sobre isso. O que assistimos é que impulsionados a vender em grandes quantidades para abastecimento de bibliotecas e escolas públicas nos níveis federal, estadual e municipal, as editoras conseguiam colocar nas gráficas seus projetos mais ousados, tanto por conta da garantia de que seriam destinados aos leitores, bem como bancaria os custos para que fossem comercializados em livrarias e afins. "Garantia", claro, entre aspas, infelizmente. O sistema, embora sempre sendo aperfeiçoado, tinha problemas. Digamos que, das palavras eixo do curso de pós-graduação que coordeno n'A Casa Tombada, uma delas não foi cuidada como dever de quem "manda". O curso se chama "O livro para a infância: processos contemporâneos de criação, circulação e mediação". Criação, ok, autores e editoras começaram a ver cada vez mais condições de investir na criação de um livro ilustrado para a infância, com projetos gráficos respeitosos à narrativa e ampliando as possibilidades de leitura dos iniciantes apaixonados por livros. Circulação, tarefa com muitas alterações desde o início do século XX, também parecia vencer suas grandes barreiras. Mas a mediação, ato de convite de um adulto — educador ou não, sala de aula ou não, escola ou em casa — a uma criança à leitura ficou a desejar, como explanarei melhor mais para a frente.

Por anos elas proliferaram e se multiplicaram, seguindo um modelo que muitas editoras grandes repetiram em seus departamentos de LIJ. Com a regularidade nos programas de compra de livros do governo, como o Programa Nacional Biblioteca da Escola (PNBE), editais possibilitaram concorrência quase igualitária entre grandes e pequenas. E a relação entre livros inscritos em editais e livros selecionados demonstrava claramente a viabilidade do negócio.[11]

Esse grande volume de livros indo para as estantes das instituições públicas não apenas era uma contribuição com a formação leitora dos estudantes do ensino básico, mas também um aporte necessário de diversidade e acesso aos educadores que trabalhavam nesses lugares. Foi se formando um novo ciclo de estudo, pois nas universidades cada vez mais chegavam pessoas interessadas na pesquisa sobre esse "novo livro", que estava indo para as prateleiras de mais pessoas. Na outra ponta, o cuidado também crescia com quem fazia as escolhas desses livros que circulavam nas listas de compras como se estivessem numa premiação literária, uma vez que eram cuidadosamente selecionados por pessoas que acompanham as produções contemporâneas.

> Tendo como selecionadores equipes qualificadas de grandes centros brasileiros de estudo de LIJ, obras mais ousadas e transgressoras passaram a se tornar viáveis. Escritores e ilustradores puderam se dedicar quase exclusivamente ao labor literário. Cursos na área surgiram. Na última década, o Brasil viveu um grande salto qualitativo.[12]

Se a percepção de quem transita no universo dos livros para a infância — nos mais diversos papéis que alguém dessa cadeia pode assumir — era de que estávamos no início de grandes avanços, a partir de 2015 já tínhamos os primeiros sinais de que a crise política a partir das eleições de

2014 poderia causar transtornos. Em um processo gradativo e profundo, os programas de compra de livros infantis, que eram um grande alicerce do mercado — ou seja, faziam a roda girar de uma maneira nunca vista antes —, foram perdendo força até começar a gerar desconfiança nos seus processos (editais, resultados, prazos, cumprimento de pagamentos previstos) que se seguiram a partir de então, provocando muitas dúvidas e tensões nos envolvidos.

> Com a suspensão de programas como o PNBE, o Pacto Nacional pela Alfabetização na Idade Certa (PNAIC) e o Programa Estadual do Livro de São Paulo, vivemos um momento difícil para a área. Estruturas formadas nesse modelo tendem a reduzir e mesmo a desaparecer se não se adaptarem à nova realidade.[13]

Em 2018, o governo de Michel Temer encerrou as atividades do Programa Nacional Biblioteca da Escola (PNBE) para reduzir todo o sistema de compras de livros de literatura a um braço do Plano Nacional do Livro e do Material Didático (PNLD), criando o PNLD Literário, nascido sob muitas críticas e confusões de conhecimentos artísticos das obras ou do que poderia ser a literatura infantil contemporânea no Brasil, com critérios ultrapassados e reducionistas.

Para além do corte e desmonte desses programas de distribuição, pesquisadores também apontaram e apontam em diversas dissertações e teses que por mais que os livros chegassem aos locais destinados, muitas vezes não encontravam ali o acolhimento necessário de gestores ou até educadores. Caixa fechadas e livros "descobertos" em salas escondidas em escolas públicas pelo país são narrativas constantes entre as alunas e alunos das nossas turmas de pós. A pesquisadora Débora Cristina Araújo, em análise em seu doutorado sobre o PNBE, sob a perspectiva de estratégia de racialização, faz uma conexão com esses pontos, digamos, fundamentais desta arte na escola, quando aponta em sua observação "a dificuldade de estudos acadêmicos na interpretação da diversidade como um sentido político".[14]

Observando o investimento financeiro no PNBE desde sua criação verifica-se o quanto esse Programa tem se consolidado para o mercado editorial brasileiro como a melhor possibilidade de negociação de sua produção. Por outro lado, as incongruências nos dados apresentados em relação aos gastos públicos e distribuição ainda demonstram aspectos da fragilidade da política ao mesmo tempo em que as escolas e as/os estudantes, e isso é inquestionável, foram beneficiados em certa medida, já que de modo geral (excluindo exceções relacionadas à má administração pública local) os acervos chegam. Mas com isso não se pode garantir que o simples aumento no investimento (embora muito aquém do investimento em relação ao PNLD) e a distribuição nas escolas tenham encerrado a função política do Programa. Pelo contrário, assim como já demonstrado até aqui e somadas às considerações posteriores, verifica-se um longo caminho a ser trilhado para que uma política educacional com a envergadura do PNBE atinja seus objetivos de democratização e do estímulo à leitura, sobretudo literária.[15]

Tem-se, a completar estas constatações, a ideia de que o PNBE, embora hoje infelizmente extinto na sua essência (alterado pelo PNLD Literário), cumpriu um papel na distribuição e estimulação do movimento do livro ao leitor, sem dúvida. Mas quando pensamos no que é exatamente acesso à leitura — "objetivos de democratização e do estímulo à leitura, sobretudo literária", como cita Araújo —, há muitos vazios. Teriam aqui as tão desiguais formações de professores no ensino de literatura — no caso especificamente a para a infância — um peso fundamental. Para além da distribuição dos livros, o que foi feito de formação dos educadores que recebiam as obras? Eis mais um efeito, digamos assim, que assisto nas turmas de pós, com as diversas e imensas diferenças, desigualdades e trajetórias entre as alunas e alunos em relação ao ser leitor, ao ser mediador de leitura e ao ser pesquisador das relações em torno do livro para a infância.

Laços. Entrelaços. Lá e cá. A fita que vai e volta de Lygia Clark. Acompanhada do coletivo diverso e disposto a enfrentar amarras e se afetar intelectualmente e emocionalmente, produzimos juntos entre o limite e o infinito das possibilidades de se pensar a pesquisa a partir do livro para a infância. Suspeito que o próprio livro esteja fazendo isso comigo desde 2005. Lendo tanta coisa de uma só vez — chego a ver dezenas de livros por mês para escolher para a revista —, me deparei com tanta expansão de pensamento que só posso afirmar que a própria literatura para a infância me formou. E, sem parar de questionar essa literatura, inclusive minhas preferências, um instante sequer.

Muitas vezes, os laços se dão entre o que eu sou e o que chega de novo no tempo ou no estudo. A autora Eva Furnari, por exemplo, parece que tem a linha própria para alinhavar essas minhas caminhadas. É das lembranças mais fortes de livros lidos na biblioteca pública da minha infância, a *Chácara do castelo*, cheio de bruxinhas e muitas atrapalhadas. Ela também foi a primeira (bem) famosa que entrevistei para a Revista *Crescer*, à época a novidade era *Felpo Filva*, o genial livro com gêneros textuais sobre um coelho poeta com questões de autoestima. Depois fiz uma série de entrevistas, e o primeiro curso que dei n' A Casa Tombada foi ela que abriu a turma com uma conversa profunda sobre educação e artes. Ao decorrer das minhas andanças, nunca me disse "não" e meus começos todos estão sempre ao lado dela.

Mas Eva não é só uma autora disponível. Ela é também quem desarticula fórmulas engessadas de se viver ou de se falar, ela é também quem vive me tirando do lugar de controle — seja da Cris leitora ou coordenadora pedagógica. Como autora, desde os anos 1980 nos mostra que a literatura é matéria do brincar. Joga com as palavras, joga com as imagens e joga conosco, nos exigindo leitura atenta. Suas falas nos encontros com as turmas também sempre escapam do óbvio, da postura prevista: não tem jogo pronto. Cada livro, um recomeço. Cada encontro, uma surpresa.

Considerações não finais — Achados ou A alegria de descobrir o livro para a infância no coletivo como potência para a pesquisa

> *E o interior de uma casa era tudo que tínhamos.*
> *Guardava segredos que nunca seriam revelados.*
> *Guardava segredos que eram parte do que todos nós éramos naquelas paragens.*
> ITAMAR VIEIRA JUNIOR, *Torto arado*

É abril de 2022 e Camila Feltre e eu acabamos de ter um aceite de resumo para apresentação na v Jornada Literatura e Educação, promovida pela Faculdade de Educação da USP em parceria com outras universidades. O eixo ao qual fomos destinadas tem o nome de Enfoques Teóricos Contemporâneos do Ensino de Literatura, e nossa pesquisa foi intitulada de "O pensamento expandido como condição para o ensino de literatura hoje". Preparar estes e outros textos no mesmo período — assim como, por exemplo, as informações para o edital da próxima turma da pós "O livro para a infância", a iniciar em agosto daquele ano — tem um quê de terapêutico. Não por afagar egos ou organizar a parte que me cabe nisso tudo. Não apenas isso. Mas me fortaleço, me vejo chão deste lugar. Dizemos no resumo expandido enviado:

> Nascido em uma casa no bairro de Perdizes em São Paulo, o curso se constrói sob a premissa do livro como objeto de investigação constante, inserido em um processo coletivo de aprendizado. Tanto nas turmas presenciais como nas 100% online (oito ao todo), a imagem de casa — janelas abertas, respiro entre os tijolos, sentidos diversos como cheiros e texturas, a vida nascendo nas brechas — interfere no cotidiano do pensar livro e infâncias a partir das trajetórias de vida de quem se encontra nesse lugar. A própria *A Casa Tombada* já se deslocou: primeiro, em 2020, foi com toda a força para o online, impulsionada fortemente pelo distanciamento social por conta da pandemia da Covid-19. Depois, se estabeleceu como uma "casa nuvem" com cursos 100% online também para as futuras turmas e, em 2021, como espaço físico, mudou-se para a cidade de Bragança Paulista, interior do estado. Acompanhando este movimento, o nosso curso, sob a coordenação pedagógica das autoras desta pesquisa (Cristiane Rogerio e Camila Feltre) continua, então, propondo o questionamento de ideias enrijecidas sobre formações em literatura, e os atravessamentos nas questões de criação, circulação e mediação nos processos contemporâneos do livro para a infância. Entendemos que as e os estudantes que nos procuram produzem conhecimento conosco, daí a importância que nossas aulas abram possibilidades para conversas horizontais.[1]

Citamos no resumo três exemplos:

> Desde a Turma I e como professora, Camila Feltre convida os estudantes para que escolham um livro de seu acervo pessoal a partir da sua materialidade, ou seja, que chame a atenção pela cor, textura, cheiro, toque, marcas do tempo, formato ou sofisticação e recurso gráfico. As e

os estudantes nos levaram, então, justificativas das escolhas bem diversas: capa em papel kraft, cheiro de livro guardado pela família, tamanho que cabe na palma da mão, desgaste de "excesso" de leitura dos filhos, um "clássico" de coleção de capa verde, lombada de tecido e, até certas excentricidades, como o cuidado de armazenar o livro embrulhado em um lençol. Ao lado deles, observamos os despercebidos e ampliamos a conversa. Para o online, mudamos a proposta e sugerimos que os estudantes fotografassem o livro escolhido, associando a materialidade dele a espaços da casa de cada um. Expôs-se ainda mais outras subjetividades e as relações do corpo com o livro ficaram ainda mais evidentes, como nos estudos da artista, pesquisadora e professora da pós, Edith Derdyk, sobre a "coreografia no ato de ler", evidenciando aspectos deste contato básico com o livro desde a primeiríssima infância.

A partida para o online provocou mudanças até nas aulas mais, digamos, "tradicionais". O autor pesquisador Odilon Moraes é um dos que mais leva ao curso os fundamentos do que nomeamos como "livro ilustrado", um gênero textual em que a narrativa se dá a partir da conjugação da palavra, do texto e do design do livro. Termo mais usado no Brasil a partir da década de 2010, é um imenso desafio deixar que a produção e criatividade expandida própria do gênero não se limite a conceitos. Cada vez que ele está conosco, Odilon também está pensando neste objeto vivo, um produto cultural em expansão que pode afetar nossas relações com diversos tipos de literatura e artes visuais. Se no presencial, ele carregava sacolas e mais sacolas para aumentar nosso repertório, hoje estamos "dentro" da biblioteca dele nas aulas online. Se antes ele se sentava à cadeira de modo que todos pudessem ler o que ele tinha em mãos, hoje ele inventa movimentos para nos exibir os detalhes pensados pelos autores, mesmo que limitado à tela de seu celular — Odilon não usa computador. É criação e reinvenção. Com o passar das turmas foi se fortificando a ideia de que não há "uma história" do livro para a infância no Brasil, mas, sim, muitas histórias a se contar. A partir de marcos estabelecidos por grandes pesquisadoras como Nelly Novaes Coelho, Ligia Cademartori, Regina Zilberman e Marisa Lajolo, nós duas e outros estudiosos do livro contemporâneo dividem os espaços de estudo. E esta mistura de fontes nos permite, inclusive, mais argumentos para questionar paradigmas como Monteiro Lobato, considerado o pai da literatura infantil moderna.

Se desde a Turma 1 lemos juntos originais do autor e colocamos em discussão os apontamentos de especialistas para trechos considerados racistas, bem como um pensamento predominante de inferioridade à cultura afro-brasileira nas histórias do Sítio do Picapau Amarelo, a chegada em 2020 no curso da pesquisadora, escritora e antropóloga com foco nas representações culturais, Heloisa Pires Lima, e seus estudos da presença negra no mercado editorial brasileiro provoca profundas mudanças. Com ela mergulhamos de outra maneira nas consequências das edições *lobatianas* levarem em consideração só um tipo de infância, e como isso afetou tantas gerações de crianças negras brasileiras. O curso não deixa de pontuar a figura do Lobato como empreendedor do mercado livreiro e um escritor inovador em plena década de 1920. No entanto, a presença de Heloisa e a interlocução de estudantes especializadas nas relações étnico-raciais como Ananda Luz (que, hoje, faz parte do núcleo pesquisador da coordenação) expandiram o nosso olhar coletivo para além do "fla-flu", ou seja, para que a gente possa amadurecer o debate e assumir a complexidade que o compõe. E nos conectou a outros autores com menos visibilidade no território brasileiro.[2]

E fundamentamos a nossa alegria:

Para nós, a condição para o pensamento expandido é o encontro com o outro, ou seja, se abrir à experiência. Ao lado de Heráclito, Jorge Larrosa, John Dewey e Byung-Chul Han, a professora-doutora do Instituto de Artes da Unesp, Luiza Christov, nos traz os pensamentos para a pesquisa a partir da ideia de que a "experiência é paixão, é o que nos acontece, é um tombamento que nos leva não se sabe para onde. A experiência é o imponderável que nos atropela". Segundo ela, o conhecimento como experiência, um "mover-se no mundo, recebendo o mundo e criando o mundo".[3]

Esse *mover-se* nos leva à essência do pensamento expandido como condição para o ensino de literatura hoje. Não é possível compreender os processos contemporâneos sem que a gente se abra aos desdobramentos éticos e estéticos desta produção cultural que está tão inserida na educação. O desafio é deixar espaços para isso acontecer, mesmo diante da ânsia de levar informações e opiniões diversas. Assim como um arquiteto prevê no revestimento das paredes de uma casa o movimento de expansão e retração para ela resistir ao longo do tempo. Seguir na movência, com respiros, espaços e dando lugar aos acontecimentos.[4]

Há ainda muito a se problematizar. Livros racistas ainda são publicados, direitos autorais ainda são violados, acervos com pitadas de censura ainda são encontrados por aí. A saída é uma só: para não dar espaço a opiniões frágeis, é essencial colocar em evidência o que veio antes, o que atravessou, o que nos escapou. Exercício diário. Maturana e Varela nos apontam que o movimento nos é inerente:

> Na verdade, todo mecanismo de geração de nós próprios como agentes de descrições e observações nos explica que nosso mundo, bem como o mundo que produzimos em nosso ser com outros, sempre será *precisamente* essa mescla de regularidade e mutabilidade, essa combinação de solidez e de areias movediças, tão própria da experiência humana quando examinada de perto.[5]

Poderia um curso ter a liberdade de assumir suas próprias mudanças? Com o tempo, fomos entendendo como coordenação que afirmar nossas alterações de rumo fazia parte do próprio pensar do projeto pedagógico desta pós-graduação "O livro para a infância". A fragilidade como parte dessa epistemologia rumo à palavra comum. Volto ao livro *A árvore do conhecimento*:

> Todo fazer leva a um novo fazer: é o círculo cognitivo que caracteriza o nosso ser, num processo cuja realização está imersa no modo de ser autônomo do ser vivo.[6]

Quando trouxemos para o diálogo outros agentes, trouxemos também — ou reforçamos — o pacto com o próprio conhecimento. Uma espécie de retratação pública e no coletivo.

> O conhecimento do conhecimento compromete. Compromete-nos a tomar uma atitude de permanente vigilância contra a tentação da certeza, a reconhecer que nossas certezas não são provas da verdade, como se o mundo que cada um de nós vê fosse o mundo, e não um mundo, que produzimos com outros. Compromete-nos porque, ao saber que sabemos, não podemos negar o que sabemos.[7]

Por mais que eu tenha hoje certa consciência da importância de estar atenta à visão sistêmica para a engrenagem não emperrar, sinto uma força imensa não apenas no sobrevoo do estudo do livro para a infância, mas um prazer imenso nos mergulhos que posso dar. Com este coletivo, posso ter minutos de especificidades diversos nas dezenas de recortes que as pesquisas individuais dos estudantes me permitem acompanhar.

Julie Dorrico* é descendente do povo macuxi, da região de Roraima. Nos aproximamos por sua pesquisa sobre a literatura indígena contemporânea que a levou ao doutorado em Teoria da Literatura no Programa de Pós-Graduação em Letras da PUC-RS. Hoje é uma das professoras fixas do quadro da pós, e na alegria de quem não se cansa de estudar, lê contos para nós, conta bastidores de obras, nos amplia a visão sobre a infância indígena e nos argumenta a lutar pelos direitos dos povos originários que tiveram suas terras invadidas em 1500. Também escritora e poeta, encanta com facilidade as turmas, pois sua pesquisa é construída no viver e, para elaborar as aulas, como muitos de nós vai tecendo sentidos, buscando ainda mais rumos. Durante uma aula, no mês de abril de 2022, deu uma dica preciosa aos ansiosos estudantes: "Faça aquilo que faz sentido para você e não para a 'academia'. Se faz sentido para você, fará para a realidade social que você vive. A minha pesquisa faz diferença porque faz sentido para mim e para o coletivo que eu faço parte". É de arrepiar, me comovo de reproduzir aqui.

Trudruá me fez sentir uma coisa que jamais achei possível: me identificar com mulheres indígenas. Culturalmente ainda estamos distantes, tenho muito a conhecer. Pela poesia de Trudruá em *Eu sou Macuxi e outras histórias*, eu me deleito com frases como "os ancestrais acharam que pelo caldo podiam conversar comigo", ao mostrar a menina ajudando a preparar um caldo de piranha; ou "as pimentas dançam no rio da minha memória", referindo-se à damurida, prato tradicional do povo macuxi. E um trecho que me tombou e, agora que você já chegou até aqui, vai lembrar do meu segundo desvio:

Minha mãe não punha forro em casa porque dizia que a gente ficava mais perto do céu blú.

Eu não gostava não!

---

* Hoje ela assina seus estudos e sua literatura como Trudruá Dorrico Makuxi.

> Quando criança eu só queria correr na floresta do meu quintal, comer banana, ingá, manga, lima, coco e goiaba.
> Não gostava daquilo de céu não, lá longe...
> O meu céu já era o colo da minha mãe, a companhia dos meus irmãos e as gentes-árvores que ouviam todas as minhas histórias de menina.[8]

Foi ela que nos apresentou a pesquisadora indígena Elda Vasques Aquino, do povo kaiowá, que fez seu mestrado em Mato Grosso do Sul pesquisando os processos de aprendizagem de crianças guarani/kaiowá. Colocando-se na pesquisa, compartilhando memórias de infância, dias difíceis em uma escola que não se importava com o conhecimento de seu povo, ela diz em determinado momento:

> Vivi uma experiência diferente que como pesquisadora tinha que ter olhar de academia e ao mesmo tempo sendo eu a própria investigada, que me abriu concepção que tinha que atravessar para outro lado da fronteira, trazendo o Eu sempre, uma inter-relação que não se pode separar, se negocia.[9]

Ah, as fronteiras, os limites, as regras! Aqui estamos nós, com a oportunidade de nos escutar. Com a oportunidade de escrever. Aqui estamos nós com o outro, como podemos reler em Paulo Freire:

> Mais do que um ser no mundo, o ser humano se tornou uma Presença no mundo, com o mundo e com os outros. Presença que, reconhecendo a outra presença como um "não eu" se reconhece como "si própria". Presença que se pensa a si mesma, que se sabe presença, que intervém, que transforma, que fala do que faz, mas também do que sonha, que constata, compara, avalia, valora, que decide, que rompe. E é no domínio da decisão, da avaliação, da liberdade, da ruptura, da opção, que se

instaura a necessidade da ética e se impõe a responsabilidade. [...] Como presença consciente no mundo não posso escapar à responsabilidade ética no meu mover-se no mundo.[10]

Mais uma história de meu agitado abril: no dia 11, o ator, escritor, e agora diretor de cinema, Lázaro Ramos, foi o entrevistado do programa *Roda Viva,* da TV Cultura, por conta do lançamento do filme *Medida provisória*. Por volta dos 25 minutos dessa conversa, a jornalista Marina Caruso comenta sobre uma certa disposição dele de "melhorar o mundo", a partir até de uma fala, no programa *Altas Horas* dias antes, do rapper Emicida. A partir desse elogio-provocação, Lázaro deu a mim uma perspectiva belíssima do estar/ser coletivo:

> Eu fui criado assim. Fui criado numa casa com dezesseis crianças. Isso não me pertence, não. Isso pertence à cultura da família que eu vivi. Minha tia-avó Elenita, que faleceu este ano com 97 anos, que não teve nenhum filho da barriga e vários de coração, que na casa dela dezenove crianças viviam com generosidade, ela trazia as pessoas para dentro de casa. A minha criação é esta, eu não tenho outro olhar, não sei nem se sei fazer diferente. Não sei exatamente se isso é algo a ser elogiado, isto é uma vivência e que eu acho que é muito poderosa. A gente ali naquela casa cheia de gente, a gente se salvou. Pela solidariedade, por um dar a mão para o outro, por um reconhecer o talento do outro. Isso é da nossa cultura, isso é nosso e às vezes a gente esquece. E eu ganho muito com isso também, isso não é benesse, generosidade. Ganho muito. Os meus projetos dão certo como uma voz coletiva. O *Na minha pele* dá certo porque é uma voz que não é minha. Porque é uma voz de escuta de um monte de gente ao longo de anos no espelho. O *Medida provisória* não é uma voz que é minha. É uma voz coletiva das pessoas que estão ali falando. Um potencial. A gente precisa parar de falar sobre isso como se fosse uma generosidade.

— É empatia mesmo — comenta a jornalista. — É empatia, mas é potência. Isso é o que todos nós deveríamos ser e a gente esquece.[11]

Quando assisti ao filme, dias depois, compreendi outro detalhe que ele trouxe na entrevista, dizendo que entre as falas racistas que aparecem no filme, muitas foram levadas a ele pelas próprias pessoas pretas que fazem parte da produção. E a gente percebe que tem ali uma intenção entre texto, imagem e sequência de que isso apareça. Minha pretensão aqui neste texto talvez passe também por isto: um narrar-se em companhia deste coletivo que faz sentido na pesquisa e que é a própria pesquisa.

Se me sinto entrelaçada aos grupos e aos específicos de cada uma e cada um que atravessou meu caminho, volto à dificuldade de responder à pergunta do início: é forma ou conteúdo que vale, afinal? Assumindo uma contradição, no entanto, termino esta etapa sem o interesse de separar mais nada para me concentrar na potência dos encontros. Como quem tem permissão de algo, derrubo água nessas fronteiras que, espero, sejam frágeis e queiram dançar como uma aquarela desenhando mundos inesperados.

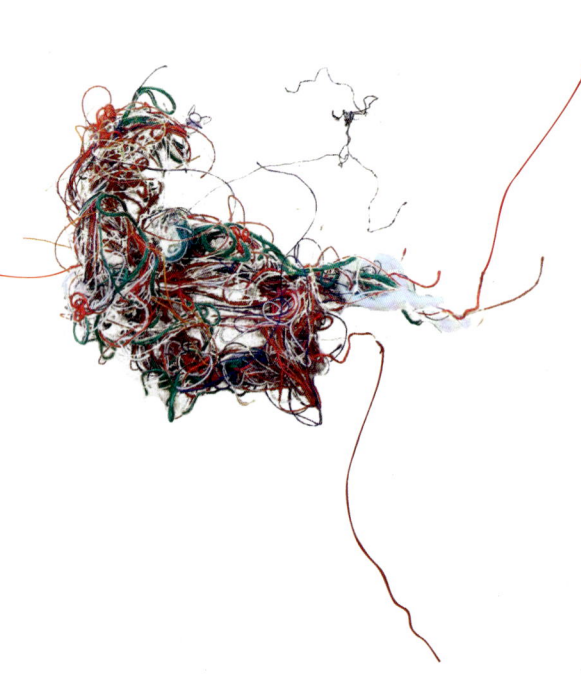

Arremate
Ananda Luz e Camila Feltre*

A palavra que nomeia este texto é um substantivo derivado do verbo arrematar que, entre muitos significados, o que vamos evocar para esta conversa é como a avó da Ananda Luz usava ao costurar os seus pijamas de flanela ou como a Camila Feltre, em suas pesquisas de materialidade, traz com as costuras dos livros. Em ambas as situações é preciso arrematar para não se desfazer o que foi construído ali, seja no cuidado da avó com a neta ou na responsabilidade de quem faz um livro que chegará a muitos afetos. No fazer para uma pessoa ou para um coletivo o ato de arrematar na costura tem a função de cuidar do acabamento e para isso alguns nós são dados, algumas linhas são puxadas… Para a costura ficar firme, mesmo que não seja para sempre, naquele momento tudo tem que ser cuidado para não se descoser. Ainda mais quando é feito a mão e exige tempo. Tempo para retornar e sentir novamente o que foi feito… tocar, passar a mão no que foi costurado, sentir o que precisa ser refeito, puxar fios aqui e acolá, dar os nós para deixar firme e, também, permitir alguns fios soltos para, quem sabe, descoser para coser novamente. É

---

* Ananda Luz é mestra em Ensino e Relações Étnico-Raciais (PPGER-UFSB) e Camila Feltre é doutora em Artes (Unesp), duas pesquisadoras que compartilham esta caminhada da pós, da luta pela literatura e a leitura como direito inegociável e da vida.

assim na experimentação. É assim na vida. É assim nesta pesquisa que virou livro.

O ato de arrematar neste livro território é corpo-movimento. Corpo em ação que após seguir o caminho indicado pela costura transpassa a linha, colocando a agulha por cima da ponta dos fios que precisará estar segura. Neste instante dá uma volta ao redor da linha para criar um nó que, para ficar firme, o dedo indicador tem que segurá-lo enquanto será feito mais outro nó, do mesmo modo. Uma prática que exige calma. Alma. Porque os "nós" que seguem deixam firme o que foi feito após um estudo, uma imersão profunda do que se deseja materializar. Por isso, sem pressa alguma, em seguida, embrenha-se nas tramas do que está sendo tecido, bem pertinho do caminho realizado até agora, para sair em qualquer outro lugar e então cortar a linha bem rente. E assim, pelo menos naquele instante, findar.

É deste modo essa leitura fruto da pesquisa-vida da Cristiane Rogerio. Ela vai narrando, em uma escrita de si, o percurso da pós-graduação O Livro para a Infância: processos contemporâneos de criação, circulação e mediação. Do antes de nascer até os dias atuais. Enquanto conta sobre o curso, muito mais se revela. É como muitas costureiras fazem: virar do avesso uma roupa para ver como a costura ficou e assim saber se está bom ou não. Sem medo do que iria encontrar a Cris — como carinhosamente a chamamos — virou do avesso a pós, sua trajetória profissional e pessoal, ou seja, a sua vida que se entrelaça com os livros e as infâncias. Fez uma escrita de si de mãos dadas com muita gente, que costura tantas e tantas vidas. Desse jeito, Cris nos presenteia com essa possibilidade, a descoberta de abrir a caixa de costura herdada da mãe e o encontro com o inesperado:

Eu nem sabia.

Mas escrever sobre si é como abrir uma caixa de costura herdada da mãe: um emaranhado de linhas e histórias que não param de se embolar.

> Um carretel usado de tanta costura.
> Muitas linhas para puxar ainda (p. 35).

Esse encontro com a mãe, que surge a partir do diálogo com a filha, revela uma ancestralidade no gesto, uma circularidade que ultrapassa nosso tempo.

Bololôs, linhas, fios, entrelaçamentos, tranças, cores, texturas... O que Cris nos ensina e apresenta nesse modo de ver e fazer pesquisa são movimentos de quem costura um curso artesanalmente, um curso feito a muitas mãos, mas que tem o seu gesto como impulso, como energia vital, como potência para as tessituras que surgem a partir de tantos encontros e pessoas.

Esta obra é uma relação individual e coletiva como a ação da costureira que passa pelo corpo, pela vinculação com o artefato que está produzindo. E o curso, há onze turmas, agora em 2025, vem se revelando um coletivo conforme marcado em vários momentos da leitura. A Cris, num corpo individual, vai tecendo no/para/com o corpo-coletivo, porque sempre foi sobre estudar junto. Ainda porque na coletividade valorizamos as pluralidades, por isso cada indivíduo é importante por compor o todo. E ao estar com o outro, perceber o outro e se interessar pelo outro estamos revisitando nós mesmos, reencontrando com a gente. Esse diálogo horizontal é que traz a potência da construção coletiva de conhecimentos. E isso tudo compartilhado neste livro faz eco nas possibilidades de muito mais gente, em muito mais territórios, construir a partir dos livros e das leituras o direito pleno de cada sujeito ser leitor/a cotidianamente.* Este livro é convite para fazer ao seu modo e, principalmente, *com*.

---

* *Cotidiariamente* uma palavra que Ananda Luz ouvia de sua professora e nossa referência nas pesquisas, Azoilda Loretto da Trindade. Ela dizia que as ações para a diversidade, que ser uma professora comprometida, principalmente, com o antirracismo, são de todos os dias. Não de ano a ano.

Durante a leitura, encontramos todo o processo metodológico de construção do curso que desde 2016 tem convidado dezenas e dezenas de pessoas para refletir sobre a criação, a circulação e a mediação do livro, em uma época em que não existiam espaços para pesquisar e discutir o livro para a infância. Era um território novo e arriscado. Por isso, esse livro é também um marco nesta linha do tempo, de uma caminhada que começou bem antes, é um relato deste percurso histórico sobre as nossas relações com o livro para a infância. Como mudamos em relação ao objeto? Como aprendemos com ele? Como expandimos a ideia de infância para se aproximar ainda mais das infâncias? Como nos tornamos mais críticos pensando na bibliodiversidade? São questões que atravessam o percurso da Cris e que nos movimentam a pensar também.

Nesse curso-vida chegam pessoas que atuam em bibliotecas, em escolas, em editoras, em projetos de promoção de leitura. Se aconchegam mães e pais, professoras e professores da educação infantil ao ensino superior, contadores e contadoras de histórias, criadores e criadoras de livros, médicas, advogadas, enfermeiras, artistas... muita gente — ainda bem — em confluência. Vimos, durante o curso, até livrarias nascerem! Gente que revisita, constrói e pluraliza saberes e fazeres sobre os livros e as infâncias com a responsabilidade do que foi acessado como conhecimento. Como Cris diz ao lembrar Maturana e Varella: *o conhecimento compromete*. Tudo isso evidencia o quanto este livro é mais que revelar o currículo de uma pós-graduação, é contar uma parte significativa da história do livro para as infâncias na contemporaneidade.

Dos limites ao infinito, assim como Cris apresenta, expandimos as ideias do livro para a infância, alargamos pensamentos sobre acessos, acervos, conceitos de mediação de leitura e rompemos barreiras em relação aos afetos diversos que os livros nos provocam. Expandimos na forma de ver a pesquisa, trazendo o modo de ver das costuras e seus bololôs, expandimos nos DESVIOS (atravessamentos poético-informativos) criados, que nos deslocam para pausas repletas de poesia, e nas fotografias, que por si, narram uma história, ou muitas, dos coletivos que chegam para habitar A Casa Tombada.

Neste infinito de possibilidades de criar e vivenciar um curso, nos aconchegamos, Ananda e Camila, como costureiras parceiras e experienciamos essa potência dos coletivos estudando junto o livro para a infância e seus processos de criação, circulação e mediação. Entrelaçamos nossas pesquisas, Ananda e seus estudos acerca das relações étnico-raciais e Camila sobre os livros e as materialidades, aos saberes e fazeres da Cris e dos grupos de estudantes num emaranhado sem fim.

Que este livro possa chegar a muitas e muitas mãos, dentro do universo do livro para a infância e fora dele, dentro da academia, das escolas, bibliotecas, espaços de mediação... Um livro que narra o percurso de uma pesquisadora entrelaçado a tantos outros percursos, e que convida às leitoras e leitores deste livro a bordarem linhas diversas neste gigantesco tecido chamado vida.

Notas

INTRODUÇÃO EM DUAS PARTES: O NARRAR-SE

1. CHRISTOV, Luiza Helena da Silva. "Escrita de si e texto acadêmico: potência e cuidados no convite ao conhecimento". IX Congresso Internacional de Pesquisa (Auto) Biográfica – CIPA. Brasília: UnB, 2021, p. 2.

2. GOLDIN, Daniel. *Os dias e os livros: divagações sobre a hospitalidade da leitura*. São Paulo: Pulo do Gato, 2012, p. 122.

3. BARROS, Manoel. *Matéria de poesia*. São Paulo: Leya, 2013, p. 21.

4. CHRISTOV, Luiza Helena da Silva et al. *Narrativas de educadores: mistérios, metáforas e sentidos*. São Paulo: Porto de Ideias, 2012, p. 10.

5. Id., ibid., p. 11.

6. PESSOA, Fernando. *Poesia completa de Alberto Caeiro*. São Paulo: Companhia das Letras, 2005.

7. Id., ibid.

8. LOURO, Guacira Lopes. *Gênero, sexualidade e educação – Uma perspectiva pós-estruturalista*. Petrópolis: Vozes, 2014, p. 147.

9. LAURETIS, T. "Feminist Studies/Critical Studies: Issues, Terms and Contexts". In: LAURETIS, T. (org.). *Feminist Studies/Critical Studies*. Bloomington/Indianapolis: Indiana University Press, 1986, p. 2.

10. LOURO, op. cit., p. 152.

11. HISSA, Cássio Eduardo Viana. *Entrenotas: Compreensões de pesquisa*. Belo Horizonte: UFMG, 2012, p. 14.

12. Hissa apresenta as referências: Paulo Freire, *Pedagogia da indignação: cartas pedagógicas e outros escritos*, São Paulo, Editora Unesp, 2000; Paulo Freire, *Pedagogia da autonomia: saberes necessários à prática educativa*, 23. ed., São Paulo, Paz e Terra, 2002 [1996], p. 32; Paulo Freire, *A importância do ato de ler: em três artigos que se completam*, 23. ed., São Paulo, Cortez, 1989 [1981], p. 9.

13. Id., ibid., p. 16.

14. LARROSA, Jorge. *Tremores — escritas sobre experiência*. Belo Horizonte: Autêntica, 2014, p. 42-3. Grifos da autora.

15. LOURO, op. cit., p. 158-9.

1. AS LINHAS ENTRE O LIMITE E O INFINITO

1. TEIXEIRA, Ângela Castelo Branco. *À escrita: um outro se arrisca em ti*. Tese (Doutorado em Artes). São Paulo: Instituto de Artes, Unesp, 2018, p. 12. Disponível em: <https://repositorio.unesp.br/handle/11449/154980>. Acesso em: 1º out. 2024.

2. ABRANTES, Ana Claudia. "Objeto gritante: uma confissão literária". In: LISPECTOR, Clarice. *Água viva – Edição com manuscritos e ensaios inéditos*. Rio de Janeiro: Rocco, 2019, p. 199.

3. LISPECTOR, Clarice. *Água Viva – Edição com manuscritos e ensaios inéditos*. Rio de Janeiro: Rocco, 2019, p. 27-8.

4. Id., ibid., p. 88.

5. JEFFERS, Oliver. *Aqui estamos nós — Notas sobre como viver no planeta Terra*. São Paulo: Salamandra, 2018.

6. Id., ibid., p.

7. ARENDT, Hannah. *Entre o passado e o futuro*. São Paulo: Perspectiva, 2019, p. 246.

8. LARROSA, Jorge. *Pedagogia profana*. Belo Horizonte: Autêntica, 1998, p. 196.

9. Id., ibid.

10. ARENDT, Hannah, op. cit., p. 247.

11. TAN, Shaun. "Alertas mas sem alarme". In: *Contos de lugares distantes*. São Paulo: Cosac Naify, 2012, p. 76-9.

12. HAN, Byung-Chul. *A salvação do belo*. Petrópolis: Vozes, 2019, p. 96-7.

13. Id., ibid., p. 113.

14. CARVALHO, Cristiane Rogerio. *Entre o controle e o descontrole — o brincar na maturidade*. Trabalho de Conclusão do Curso de Especialização: "A arte de contar histórias". Guaratuba: Faculdade do Litoral Paranaense; Instituto Superior de Educação de Guaratuba (Isepe), 2011. Cristiane Rogerio Carvalho é meu nome completo. Porém, desde que comecei a assinar reportagens, passei a usar somente Cristiane Rogerio. No entanto, esta citação refere-se a um trabalho de conclusão de curso que exige o nome de nascimento. Monografia ainda indisponível online.

15. Id., ibid.

16. Id., ibid.

17. SANTOS, Liliana Pardini Garcia dos. *Como me inauguro uma fazedora de livros*. Trabalho de Conclusão do Curso de Especialização "O livro para a infância". São Paulo: A Casa Tombada, polo Faconnect, 2018, p. 7. Disponível em: <https://acasatombada.com.br>.

18. LISPECTOR, Clarice. *Uma aprendizagem ou O livro dos prazeres*. Rio de Janeiro: Rocco, 2020, p. 121.

19. CHRISTOV, Luiza Helena da Silva. "Escrita de si e texto acadêmico: potência e cuidados no convite ao conhecimento", op. cit., p. 3.

20. GUIMARÃES, Anna Luiza L. *Mas este livro é para crianças? Rosa e a terceira margem do livro ilustrado*. Trabalho de Conclusão do Curso de Especialização "O livro para a infância. São Paulo: A Casa Tombada, polo Faconnect, 2018, p. 4. Disponível em: <https://acasatombada.com.br>.

21. ROSA, Guimarães. "A terceira margem do rio". In ROSA, Guimarães. *Primeiras histórias*. Apud GUIMARÃES, Anna Luiza L., op. cit.

22. GUIMARÃES, Anna Luiza L., op. cit., p. 4.

23. O trecho, que é famoso entre os fãs do escritor e quem estuda a escrita, foi dito em uma entrevista de Graciliano ao jornalista Joel Silveira, em 1948, e pode ser encontrado no livro: *Na fogueira: memórias*. Rio de Janeiro: Mauad, 1998.

24. CHRISTOV, Luiza Helena da Silva et al. *Narrativas de educadores: mistérios, metáforas e sentidos*, op. cit., p. 12.

25. LARROSA, Jorge; KOHAN, Walter. "Apresenação da coleção". In: LARROSA, Jorge. *Tremores — escritas sobre experiência*, op. cit., p. 5.

26. Informação no posfácio de Francisco Assis Barbosa, "Monteiro Lobato e o direito de sonhar", p. 43-57, na edição especial do livro patrocinado pela Metal Leve, em comemoração aos cem anos de Monteiro Lobato, disponível na Biblioteca Brasiliana Guita e José Mindlin, da USP, em: <https://digital.bbm.usp.br/handle/bbm/7452>. Acesso em: 10 out 2024.

27. Referência a CAMPOS, André Luiz Vieira de. *A República do Picapau Amarelo: uma leitura de Monteiro Lobato*. São Paulo: Martins Fontes, 1986.

28. LIMA, Heloisa Pires. "Quando a afro-bibliodiversidade Lê Monteiro Lobato. In: *Revista Emília*. São Paulo, 20 mar. 2019. Disponível em: <https://emilia.org.br/quando-a-afro-bibliodiversidade-le-monteiro-lobato/>. Acesso em: 1º out. 2024.

29. Autocitação do artigo "Timtim e a reportagem do racismo", disponível no site Geledés: <https://www.geledes.org.br/heloisa-pires-lima-tintim-e-a-reportagem-do-racismo/>. Acesso em: 10 out. 2024.

30. LIMA, Márcia. "'Nossos passos vêm de longe', mas a caminhada ainda é longa para as mulheres negras". *El País*, edição Brasil. São Paulo, 8 ago. 2021. Disponível em: <https://brasil.elpais.com/opiniao/2021-08-06/nossos-passos-vem-de-longe-mas-a-caminhada-ainda-e-longa-para-as-mulheres-negras.html>. Acesso em: 10 out. 2024.

31. Id., ibid.

2. O PRÓPRIO CURSO COMO ARTICULADOR DE FUTUROS E MEDIADOR DE VÍNCULOS

1. ROGERIO, Cristiane. "O espanto como travessia". *Crescer*, São Paulo, ed. 325, dezembro 2020.

2. ALMEIDA, Fernanda Lopes de. *A fada que tinha ideias*. São Paulo: Ática, 1971, p. 22-6.

3. DISPOSIÇÃO PARA VISÃO SISTÊMICA E PARA O TRANÇAR

1. MARIOTTI, Humberto. "Prefácio". In: MATURANA, Humberto R.; VARELA, Francisco J. *A árvore do conhecimento: as bases biológicas da compreensão humana*. São Paulo: Palas Athena, 2001, p. 8.

2. CARVALHO, Cristiane Rogerio. "Uma história de literatura infantil no Brasil." Texto apresentado ao Exame de qualificação para Mestrado. São Paulo: Instituto de Artes da Unesp, 2020.

3. COELHO, Nelly Novaes. *A literatura infantil*. São Paulo/Brasília: Edições Quiron, 1981.

4. BICUDO, Francisco; MARCONI, Elisa. "A dama da literatura infantil". Entrevista de Nelly Novaes Coelho ao Sinprosp em 2007, publicada na revista *GIZ*. Disponível em: <https://revistagiz.sinprrosp.org.br/educacao/a-grande-dama-da-literatura-infantil-brasileira-3/>. Acesso em: 11 out. 2024.

5. CANDIDO, Antonio. "O direito à literatura". In: CANDIDO, Antonio. *Vários escritos*. Rio de Janeiro: Ouro sobre Azul, 2004.

6. ZILBERMAN, Regina. *A literatura infantil na escola*. São Paulo: Global, 2003 [1981], p. 12.

7. CADEMARTORI, Ligia. *O que é literatura infantil*. São Paulo: Brasiliense, 1980 [2010], p. 24.

8. Id., ibid., p. 33.

9. LINDEN, Sophie Van Der. *Para ler o livro ilustrado*. Trad. Dorothée de Bruchard. São Paulo: Cosac Naify, 2011, p. 8-9.

10. MORAES, Odilon. *Quando a imagem escreve: reflexões sobre o livro ilustrado*. Dissertação (Mestrado em Artes). Campinas: Departamento de Artes da Unicamp, 2019, p. 124. Ainda indisponível no repositório da Unicamp.

11. NAKANO, Renata. "O editor-empreendedor e a qualidade da literatura infantil brasileira. In: *PublishNews*, São Paulo, 23 jun. 2016. Disponível em: <https://www.publishnews.com.br/materias/2016/06/23/o-editor-empreendedor-e-a-qualidade-da-literatura-infantil-brasileira?fb_comment_id=1194320013995810_4387785444649235>. Acesso em: 1º out. 2024.

12. Id., ibid.

13. Id., ibid.

14. ARAÚJO, Débora Cristina de. *Literatura infanto-juvenil e política educacional: Estratégias de racialização no Programa Nacional de Biblioteca da Escola (PNBE)*. Tese (Doutorado em Educação). Curitiba: Universidade Federal do Paraná, 2015. Disponível em: <https://acervodigital.ufpr.br/handle/1884/38010>. Acesso em: 1º out. 2024.

15. Id., ibid., p. 173.

CONSIDERAÇÕES NÃO FINAIS — ACHADOS OU A ALEGRIA DE DESCOBRIR O LIVRO PARA A INFÂNCIA NO COLETIVO COMO POTÊNCIA PARA A PESQUISA

1. ROGERIO, Cristiane; FELTRE, Camila. "O pensamento expandido como condição para o ensino de literatura hoje". Resumo expandido apresentado à V Jornada Literatura e Educação. São Paulo: Faculdade de Educação da USP, 2022.

2. Id., ibid.

3. CHRISTOV, 2020. Apud ROGERIO, Cristiane; FELTRE, Camila, op. cit.

4. ROGERIO, Cristiane; FELTRE, Camila, op. cit.

5. MATURANA, Humberto R.; VARELA, Francisco J. *A árvore do conhecimento*. Tradução Jonas Pereira dos Santos. Campinas: Editorial PSY II, 1995, p. 259.

6. Id., ibid.

7. Id., ibid., p. 262.

8. DORRICO, Julie. *Eu sou Macuxi e outras histórias*. Nova Lima: Caos & Letras, 2019, p. 71.

9. AQUINO, Elda Vasques. *Educação escolar indígena e os processos próprios de aprendizagens: espaços de inter-relação de conhecimentos na infância Guarani/Kaiowá, antes da escola, na Comunidade Indígena de Amambai, Amambai – MS*. Dissertação (Mestrado em Educação). Campo Grande: Universidade Católica Dom Bosco, 2012, p. 15. Disponível em: <https://site.ucdb.br/public/md-dissertacoes/10911-elda-vasques-aquino.pdf>. Acesso em: 20 out. 2024.

10. FREIRE, Paulo. *Pedagogia da autonomia: saberes necessários à prática educativa*. São Paulo: Paz e Terra, 1996, p. 18-9.

11. RAMOS, Lázaro. In: *Roda Viva*. Entrevista com Lázaro Ramos. São Paulo: TV Cultura, 11 de abril de 2022. Disponível em: <https://www.youtube.com/watch?v=oca-5C6bwXOY&t=5884s>. Acesso em: 1º out. 2024.

Referências
(sem fronteira entre teoria e literatura)

ABRANTES, Ana Claudia. "Objeto gritante: uma confissão literária". In: LISPECTOR, Clarice. *Água viva — Edição com manuscritos e ensaios inéditos*. Rio de Janeiro: Rocco, 2019.

ALMEIDA, Fernanda Lopes de; EDU. *A fada que tinha ideias*. São Paulo: Ática, 1971.

AQUINO, Elda Vasques. *Educação escolar indígena e os processos próprios de aprendizagens: espaços de inter-relação de conhecimentos na infância Guarani/Kaiowá, antes da escola, na Comunidade Indígena de Amambai, Amambai – MS*. Dissertação (Mestrado em Educação). Campo Grande: Universidade Católica Dom Bosco, 2012. Disponível em: <https://site.ucdb.br/public/md-dissertacoes/10911-elda-vasques-aquino.pdf>. Acesso em: 20 out. 2024.

ARAÚJO, Débora Cristina de. *Literatura infanto-juvenil e política educacional: estratégias de racialização no Programa Nacional de Biblioteca da Escola (PNBE)*. Tese (Doutorado em Educação). Curitiba: Universidade Federal do Paraná, , 2015. Disponível em: <https://acervodigital.ufpr.br/handle/1884/38010. Acesso em: 14 out. 2024.

ARENDT, Hannah. *Entre o passado e o futuro*. São Paulo: Perspectiva, 2019.

BARROS, Manoel de. *Matéria de poesia*. São Paulo: Leya, 2013.

_____. *Poesia completa*. São Paulo: Leya, 2010.

BARROS, M. *Memórias inventadas: a infância*. São Paulo: Planeta, 2003. CADEMARTORI, Ligia. *O que é literatura infantil*. São Paulo: Brasiliense, 2010 [1980].

CANDIDO, Antonio. "O direito à literatura". In: CANDIDO, Antonio. *Vários escritos*. Rio de Janeiro: Ouro sobre Azul, 2004.

CARVALHO, Cristiane Rogerio. *Entre o controle e o descontrole — o brincar na maturidade*. Trabalho de Conclusão de Curso de Especialização "A arte de contar histórias". Guaratuba: Faculdade do Litoral Paranaense; Instituto Superior de Educação de Guaratuba (Isepe), 2011.

CHRISTOV, Luiza Helena da Silva. "Escrita de si e texto acadêmico: potência e cuidados no convite ao conhecimento". ". IX Congresso Internacional de Pesquisa (Auto) Biográfica – CIPA. Brasília: UnB, 2021.

_____. *Narrativas de educadores: mistérios, metáforas e sentidos*. São Paulo: Porto de Ideias, 2012.

COELHO, Nelly Novaes. *A literatura infantil*. São Paulo/Brasília: Edições Quiron, 1981.

_____. *Dicionário crítico da literatura infantil e juvenil brasileira*. São Paulo: Companhia Editorial Nacional, 2006.

COUCHOT, Edmond. *A natureza da arte: o que as ciências cognitivas revelam sobre o prazer estético*. São Paulo: Ed. da Unesp, 2018.

DORRICO, Julie. *Eu sou Macuxi e outras histórias*. Nova Lima: Caos & Letras, 2019.

FERNANDES, Carol. *Se eu fosse uma casa*. Belo Horizonte: Tuya Edições, 2020.

FREIRE, Paulo. *Pedagogia da autonomia: saberes necessários à prática educativa*. São Paulo: Paz e Terra, 1996.

GADOTTI, Moacir. *Boniteza de um sonho: ensinar-e-aprender com sentido*. São Paulo: Editora e Livraria Instituto Paulo Freire, 2011. Disponível em: <https://www.paulofreire.org/download/boniteza_ebook.pdf. Acesso em: 14 out. 2024.

GALEANO, Eduardo. *O livro dos abraços*. Porto Alegre: L&PM, 2006. GOLDIN, Daniel. *Os dias e os livros: divagações sobre a hospitalidade da leitura*. São Paulo: Pulo do Gato, 2012.

GUIMARÃES, Anna Luiza L. *Mas este livro é para crianças? Rosa e a terceira margem do livro ilustrado*. Trabalho de Conclusão do Curso de Especialização "O livro para a infância". São Paulo: A Casa Tombada, polo Faconnect, 2018. Disponível em: <http://biblioteca.acasatombada.com.br/>.

HAN, Byung-Chul. *A salvação do belo*. Petrópolis: Vozes, 2019.

HISSA, Cássio Eduardo Viana. *Entrenotas: compreensões de pesquisa*. Belo Horizonte: UFMG, 2012.

JEFFERS, Oliver. *Aqui estamos nós*. São Paulo: Salamandra, 2018.

JUNIOR, Itamar Vieira. *Torto arado*. São Paulo: Todavia, 2019.

JÚNIOR, Otávio; STARKOFF, Vanina. *Da minha janela*. São Paulo: Companhia das Letrinhas, 2019.

LARROSA, Jorge. *Pedagogia profana*. Belo Horizonte: Autêntica, 1998.

_____ . *Notas sobre a experiência e o saber da experiência*. Textos/subsídios ao trabalho pedagógico das unidades da Rede Municipal de Educação de Campinas/FUMEC. Campinas: Leituras-SME, 2001.

_____ . *Tremores — escritas sobre experiência*. Belo Horizonte: Autêntica, 2014.

LIMA, Heloisa Pires. "Quando a afro-bibliodiversidade lê Monteiro Lobato". In: *Revista Emília*. São Paulo, 20 mar. 2019. Disponível em: <https://emilia.org.br/quando-a-afro-bibliodiversidade-le-monteiro-lobato/>. Acesso em: 14 out. 2024.

LIMA, Márcia. "'Nossos passos vêm de longe', mas a caminhada ainda é longa para as mulheres negras". *El País*, edição Brasil. São Paulo, 8 ago. 2021. Disponível em: <https://brasil.elpais.com/opiniao/2021-08-06/nossos-passos-vem-de-longe-mas-a-caminhada-ainda-e-longa-para-as-mulheres-negras.html>. Acesso em: 10 out. 2024..

LINDEN, Sophie Van Der. *Para ler o livro ilustrado*. Trad. Dorothée de Bruchard. São Paulo: Cosac Naify, 2011.

LISPECTOR, Clarice. *Uma aprendizagem ou o livro dos prazeres*. Rio de Janeiro: Rocco, 2020.

LOURO, Guacira Lopes. *Gênero, sexualidade e educação — uma perspectiva pós-estruturalista*. Petrópolis: Vozes, 2014.

MARIOTTI, Humberto. "Prefácio". In: MATURANA, Humberto R.; VARELA, Francisco J. *A árvore do conhecimento: as bases biológicas da compreensão humana*. São Paulo: Palas Athena, 2001.

MATURANA, Humberto R.; VARELA, Francisco J. *A árvore do conhecimento*. Tradução Jonas Pereira dos Santos. Campinas: Editorial PSY II, 1995.

MONTENEGRO, Eunice Aparecida Lopes. *O livro para a infância como abrigo poético. Representação simbólica do livro como manto/vestimenta de proteção*. Trabalho de Conclusão do Curso de Especialização "O livro para a infância". São Paulo: A Casa Tombada, polo Faconnect, 2021. Disponível em: <https://acasatombada.com.br>.

MORAES, Odilon. *Quando a imagem escreve — reflexões sobre o livro ilustrado*. Dissertação (Mestrado em Artes). Campinas: Departamento de Artes, Universidade Estadual de Campinas (Unicamp), 2019.

NAKANO, Renata. "O editor-empreendedor e a qualidade da literatura infantil brasileira. In: *PublishNews*. São Paulo, 23 jun. 2016. Disponível em: <https://www.publishnews.com.br/materias/2016/06/23/o-editor-empreendedor-e-a-qualidade-da-literatura-infantil-brasileira?fb_comment_id=1194320013995810_4387785444649235>. Acesso em: 14 out. 2024.

PESSOA, Fernando. *Poesia completa de Alberto Caeiro*. São Paulo, Companhia das Letras, 2005.

RAMOS, Lázaro. In: *Roda Viva*. Entrevista com Lázaro Ramos. São Paulo: TV Cultura, 11 de abril de 2022. Disponível em: <https://www.youtube.com/watch?v=oca-5C6bwXOY&t=5884s>. Acesso em: 1º out. 2024.

ROSA, João Guimarães. *Grande Sertão: Veredas*. Rio de Janeiro: Nova Fronteira, 2001.

SANTOS, Liliana Pardini Garcia dos. *Como me inauguro uma fazedora de livros*. Trabalho de Conclusão do Curso de Especialização "O livro para a infância". São Paulo: A Casa Tombada, polo Faconnect, 2018. Disponível em: <https://acasatombada.com.br>.

TAN, Shaun. *Contos de lugares distantes*. São Paulo: Cosac Naify, 2012.

TEIXEIRA, Ângela Castelo Branco. *À escrita: um outro se arrisca em ti*. Tese (Doutorado em Artes). São Paulo: Instituto de Artes da Universidade Estadual Paulista (Unesp), 2018. Disponível em: <https://repositorio.unesp.br/handle/11449/154980>. Acesso em: 14 out. 2024.

WISLAWA, Szymborska. *O amor feliz*. São Paulo: Companhia das Letras, 2016.

ZILBERMAN, Regina. *A literatura infantil na escola*. São Paulo: Global, 2003.

Agradecimentos

À minha mãe Antonia, pelos impulsos à minha imaginação; à minha filha Clarice pela paciência e beijos na hora que eu mais precisava.

Aos meus irmãos Dê e Jô, pela companhia na vida e nos sonhos, por brincarmos toda a vida como forma de estar junto; ao meu cunhado Zé, meu contador de histórias preferido, por ser provocador de emoções, risos, sentidos e enigmas! Às minhas sobrinhas Marina, Ana Paula, Mayara e Beatriz, e aos sobrinhos-neto Pedro e Samuel, pelo amor, apoio, companhia sempre, e à minha cunhada Ana Carlota, pela fé inabalável na vida, e ao Pedrones, amoroso sobrinho que ganhei de presente.

Ao meu irmão Mario e minha saudade sem-fim.

Ao meu pai, meu maior desafio.

Ao Ricardo Fiorotto, pelo apoio com a nossa filha Clarice nestes tempos curtos e complexos de estudo.

Às amigas e amigos:

Paula Perim, pelo convite à paixão pela literatura para a infância no meu início de revista *Crescer*.

Eva Furnari, que sempre me lembra que livro é objeto de afeto, que literatura é jogo e que eu posso brincar.

Giuliano Tierno, por me oferecer um brinde à pesquisa, por ter sido o primeiro a me ver como educadora, e pelas falas de "como-ver-se".

Ângela Castelo Branco, pela poesia no meu caminho, pelo acolhimento-casa durante esta invenção-curso.

Camila Feltre, pela parceria nas perguntas, pelas conquistas no chão da mediação de leitura e pesquisa.

Ananda Luz, por ter iluminado meu caminho para a vida, para o livro e para esta escrita.

Flávia Giacomini, pela paciência no dia a dia do curso, pela disposição em receber a mim e todas e todos que convidamos, por cuidar de cada estudante.

Rita Leite, por organizar nossas vidas burocráticas de um jeito amoroso.

Palmira Petrocelli, por fazer existir no afeto um curso online em tom de muita presença.

Odilon Moraes, por abrir mundos dos livros ilustrados para mim, pela generosidade em me acompanhar na pós e nos nossos estudos, por deixar sua paixão se encontrar com a minha.

Heloisa Pires Lima, pela parceria-mudança no curso e pelos caminhos pedidos na qualificação deste trabalho.

Claudia Baronni Gustavsen, pela amizade sempre.

Aurélio de Macedo, por todo o apoio, pela presença como estudante, pela confiança e pela revisão afetiva da dissertação.

Claudia Nonato e Carminda André, pela leitura generosa e aberta para este percurso.

Josi Lima, Juliana Balduíno, Moa Simplício, Felipe Michelini como representantes de companheiros que conheci em encontros inesquecíveis nas aulas do mestrado no Instituto de Artes que me acolheu.

Ao nosso grupo Roda-Língua, por todo o entusiasmo e paixão por pesquisar. Aos professores e parceiros que fizeram este curso ser o que ele quis ser.

À minha *mestra ignorante* Luiza Christov, minha musa do explicitar achados, por ser minha orientadora-companheira neste percurso.

Às estudantes e aos estudantes do curso de pós-graduação "O livro para a infância: processos contemporâneos de criação, circulação e mediação".

À minha editora Rosana Martinelli e ao meu editor Renato Potenza, pelo interesse em ler o que eu havia escrito, pelo cuidado em todo o processo de edição e por acharem que este livro teria que ir para o mundo.

*Minha filha Clarice pede licença e faz a mediação
de leitura do livro* Achou?,
*de Aline Abreu (Companhia das Letrinhas, 2021),
para os alunos da Turma VII:
nas mãos da criança, tudo (se) faz sentido.*

ACHOU?

impressão e acabamento: Maistype

papel da capa: cartão 250g/m²

papel do miolo: couché 90g/m²

tipologia: Minion a Amplitude Book

Maio de 2025

A marca FSC® é a garantia de que a madeira utilizada na fabricação do papel deste livro provém de florestas que foram gerenciadas de maneira ambientalmente correta, socialmente justa e economicamente viável, além de outras fontes de origem controlada.